한국 희곡 명작선 154

시간을 묻다

한국 희곡 명작선 154

시간을 묻다

김미정

평민사

김
기
정

시간을 묻다

등장인물

민병주: 평양 출신. 평양상고 졸업 후 투먼 세관 근무 중 징병. 행동 더딘 휴머니스트

이철규: 전주 출신. 교토중학 유학 후 교사로 근무 중 징병. 이타적 리더십의 소유자

윤학구: 서울 출신. 하얼빈 대학에서 러시아어를 전공한 냉소적 수재. 사회주의로 전향

김병현: 성남 출신. 소작농의 아들로, 지주 아들 대신 입대. 채봉의 연인

신용석: 영천 출신. 농사꾼으로, 1등 국민이 되고 싶어 입대한 저돌적 의리남

루드밀라 이시노프: 하바롭스크 포로수용소 소장. 점설적 여성 저격수. 사회주의로 이상 추구

칸노 히로시: 일본군 소좌. 군국주의 신봉자

마사키 겐지: 일본 예비역 사병. 고귀한 삶을 추구하는 시계수리공.

사또오 히로가와: 허약한 일본 소년 병사

공점이: 윤학구의 어머니. 아들 기다리느라 옛집을 지키며 된장을 담근다.

박채봉: 김병현의 약혼녀. 병현의 징병 직후 정신대를 피해 홀아비에게 시집감.

샤 샤: 용석과 사랑에 빠진 러시아 처녀

그 외

통역병/ 포로감시병: 소련 통역병. 포로 감시병

군중 1 (애국부인회장): 일본에 협조적인 여성 관변단체 회장

군중 2 (기모노 여인): 조선총독부 고위 관리의 부인

군중 3 (하이카라 남): 친일파 지역유지

취조관 : 시베리아 억류자들을 취조하는 수사관

시간

1945. 08~2004. 02

공간

서울 - 만주 관동군 하일라얼 505부대 - 시베리아(하바롭스크 포로수용소) - 서울

무대에는 별다른 장치가 없다. 무대 3면을 두르고 있는 철조망, 뒤 무대 상부에 매달린 커다란 시계 톱니바퀴 3개, 그 아래 언덕과 작업장으로 보이는 단순한 형태의 구조물, 그리고 기차와 수용소 침상으로도 사용되는 평상 몇 개만 있으면 된다.

1장. 삭풍의 기억

시계소리. '그 겨울의 찻집'이 흐른다.

자막   *2001년 겨울, 미도파 다방*

백발이 된 김병현. 신용석이 앉아 있다. 민병주가 겁에 질린 듯 두리번거리는 이철규를 데리고 들어온다.

신용석   … 이기 누고? 철규 아이가!

민병주   모셔 오느라 내래 힘 좀 썼다이.

신용석   (민병주에게) 회장님, 수고했소. (이철규에게) 그간 우째 지냈노?

이철규   (잠긴 목소리로) 그럭저럭. 감기는 안 걸리고 살았어.

신용석   허허. 추위에는 강하이까… 그동안 와 안 나왔더노?

이철규   조용히 살고 싶어서.

신용석   우리 안 보고 싶드나? 청춘을 같이 보냈는데.

이철규   안 좋은 일은 기억하고 싶지 않응게.

민병주   이제 보상을 받아야지 않갔어.

이철규   (강하게) 잃어버린 시간을 뭘로 보상받을 거여?

신용석   (달래듯) 어쨌건 잘 왔다. 여어 김병현이도 있다.

이철규   (안색이 달라진다) … 반갑소.

김병현   (망설이다) 반갑소.

철규와 병현, 두 사람 사이에 어색한 기류가 흐른다.

신용석 내외하나! 다들 자리 앉읍시다. 회장님, 회의 진행하소.

민병주 한소 수교 재개 이듬해 결성된,

신용석 1991년 12월!

민병주 삭풍회가 10주년을 맞았습니다.

이철규 삭풍회! 이름 한번 징그럽다!

김병현 (갑자기 일어서며) 미안하네. 집사람이 아파서….

민병주 (도망치듯 나가는 김병현을 따라가면서) 이보게, 병현이, 김병현이….

신용석 제수씨 당뇨 앓는다 카디, 마이 안 좋은갑다. 삭풍회 우등생인데….

이철규 삭풍… 삭풍회는 뭣 허는 데여?

민병주 (자리로 돌아오면서) 시베리아 억류사건의 진상을 알리고, 피해자들의 보상을….

신용석 94년, 98년 정부에 진정서 제출했고, 99년에는 일본에 피해보상도 요구했다.

이철규 그려서?

민병주 … 아직 성과는 없어.

이철규 괴롭히지만 말라고 혀. 애들 앞길 막지 말고.

신용석 그기 젤로 미안치.

이철규 시베리아 억류자들은 빨갱이가 아니다. 피해자다! 누가 말해준 적 있어? 누가 알아준 적 있냐고?

민병주　기래서 모인 거이야.

신용석　일본 시민단체가 우리를 도와주고 있다!

민병주　마사키상이 다릴 놓았지비,

이철규　마.사.키… 마사키 상병?

민병주　수용소 떠나오던 날 자네가 챙겨 준 주소 덕분에 연락이 닿았어. 11년 전.

이철규　다 늙은 일본군도 우릴 도와주는디, 대한민국은 뭣헌디야?

민병주　진정하라! 오늘은 일본 정부를 상대로 소송을 준비하기 위해 모인 거이야.

이철규　그걸 우덜이 해야 되는 겨? 대한민국 정부가 아니고?

신용석　기대하지 마라. 우리는 없는 백성이다. 세금 내는 유령.

민병주　최대한 빨리 증거를 수집해야 해.

신용석　재판 전에 일본으로 보내야 해.

이철규　허! 자료는 내 머릿속에 있고, 증거는 내 몸에 박혀 있는디, 그걸 꺼내라고?

신용석　술 한잔하면서 얘기하자. 넋두리 좀 하고 나면 살 만할 끼다.

이철규　아녀. 아녀. 난 암것도 기억 못혀. 내 인생에 그 시간은 없는 거여. 시베리아에 꽁꽁 묻고 왔어.

민병주　이보게, 철규. 우리가 살아낸 그 시간을 외면하면 우리 삶을 부정하는 거이지 않네? 그러니 차근차근 돌이켜 보자우.

이철규　을축생 스무 살. 그 끔찍한 시절을 복기허라고? (벌떡 일어서며) 난 못 혀!

영상   *거꾸로 돌아가는 시계*

빠르게 돌아가는 시계 소리 들리면서 조명 흐려진다.

2장. 장행회(壯行會)

군국가요 '그대와 나'(기미토보쿠 君と僕)가 울려 퍼진다.

꽃 피는 고개 너머 하늘에는 새날이 밝는다
영원한 길을 닦는 지평선에서
노래를 부르잔다, 기미토보쿠
노래를 부르잔다, 기미토보쿠

자막   *1945년 8월 8일 경성역. 일본 관동군 2기 장행회*[1]

관동군으로 징병당한 조선 청년들의 전송식 현장. 國民總蹶起, 內鮮一體思想報國(국민 총궐기, 내선일체 사상보국), '祝 入營 香山光郎君(축 입영 카마야 미츠로군)' '應召 高木正雄君(응소 타카기 마사오군)'이라고 쓰인 깃발이 휘날린다.
지역유지와 관공서 책임자, 애국부인회 등 관변단체 관계자들이

---

1) 장행회(壯行會): 장한 뜻을 품고 먼 길을 떠나는 사람의 앞날을 축복하는 송별회. 일제 강점 말기, 일제는 징병당해 떠나는 군인들을 위한다는 명목으로 거창한 장행회를 열었다.

일장기를 흔들며 모여든다.

그대는 반도 남아男兒, 이내 몸은 야마토사쿠라(大和櫻 벚꽃)
건설의 해가 솟는 지평선에서
노래를 부릅시다, 아이노우타(愛の唄 찬양)
노래를 부릅시다, 아이노우타

군중 1   작년엔 갑자생. 올해는 을축생, 아깝다, 스무 살!

군중 2   아카가미(赤紙)2)만 받으면, 국민 총궐기. 가야 하는 거죠!

군중 3   (따라 들어오며) 저승행 차푭니다.

군중 1   근데, 왜 어설픈 조선 청년들을?

군중 3   명실상부한 내선일체의 실현!

군중 2   대 일본제국을 위해 목숨 바칠 기회를 주는 거죠.

군중 1   가문의 영광이네요! 근데 어느 부대로 가는 거예요?

군중 2   만주로 갈지, 남방으로 갈지….

군중 3   아마 관동군으로 갈 겁니다. 일본이 세운 만주국 주력부대.

군중 2   관동군은 정예부대라던데, 조선 사람을요?

군중 3   본대는 본토 사수를 위해 일본으로 돌아갔어요.

군중 1   그럼 조선 청년들은 총알받이로 가는 거네요!

군중 2   천황을 위해 죽을 수 있다면 영광이지 뭐에요?

군중 1   그럼요, 그럼요, 가문의 영광이죠!

---

2) 아카가미(赤紙): 빨간색으로 글을 쓴 입영 통지서. '빨간 딱지'라는 뜻이다.

여기는 아세아(亞細亞)다. 우리들의 희망은 빛난다.
깎듯이 손을 잡고 깃발 아래서
충성을 맹세 짓는 기미토보쿠
충성을 맹세 짓는 기미토보쿠

공점이가 앞서 걸어가는 아들 윤학구를 종종걸음으로 뒤쫓아간다.

윤학구　뭐 하러 자꾸 따라오세요? 이제 돌아가세요.

공점이　매정한 놈, 집 떠나는 게 그리도 좋으냐?

윤학구　네, 답답한 조선 벗어나니 속이 시원합니다!

공점이　군인 가는 놈이 살지 죽을지도 모르고 큰 소리는!

윤학구　조선에 있으면 삽니까? 사는 게 답답해서, 세상이 답답해
　　　　　서 칵 죽었으면 좋겠어요!

공점이　그런 말 허지 말고! 개똥밭에 굴러도 이승이 낫다고 했어.
　　　　　악착같이 살아. 살아남아서 답답한 세상 바꾸면 될 것 아
　　　　　니냐!

윤학구　제가 어떻게 세상을 바꿉니까? 어머니 아들, 홍길동 아니
　　　　　에요.

공점이　우리 학구가 홍길동이보다 낫지! (천인침을[3] 건네며) 이거…
　　　　　왜놈들이 하는 짓이다만, 받아라. 어딘지도 모르고 끌려가

---

3) 센닌바리(千人針): 출정 병사의 무운장구를 빌기 위해 흰 천에 붉은 실로 천 명
　의 여자가 한 땀씩 매듭을 놓아 만든 띠. 천인침은 부적과 같은 역할을 하여, 배
　에 두르거나 모자에 꿰매면 총탄이 피해 가는 힘을 갖고 있다고 믿었다.

니, 에미가 속이 탄다.

윤학구 (낮은 소리로) 무운장구(武運長久)….

공점이 배에 딱 둘러라. 고모, 이모, 네 사촌들, 산 너머 을순이네, 옥자 아지매, 모도 한 땀씩 보태 맹글었다.

윤학구 (가슴에 집어넣으며) 걱정 마세요, 어머니.

공점이 앞서지도 말고, 뒤처지지도 마라.

윤학구 제 맘대로 됩니까?

공점이, 자꾸 아들의 등을 쓰다듬는다.

공점이 어떻허든 몸조심 허란 말이다. 에미가 멀쩡하게 낳았으니, 멀쩡하게 돌아오란 말란 말이다. 돌아와서 에미가 끓여주는 시래깃국 먹으란 말이다.

윤학구 … 어머니! 저, 갈게요.

공점이 학구야, 내 아들 학구야. 에미 곁에 꼭 돌아오니라.

윤학구 (등을 돌린 채) 어머니, 전 이곳을 벗어나고 싶어요. 훨훨 날아가고 싶어요.

공점이 매정한 놈, 지 애비처럼 낙원 찾아 헤매나 보다. 허이고… 사람 사는 세상, 바다 건너라고 다를까, 산 너머라고 다를까.

신용석이 미소를 띠고 씩씩하게 뛰어 들어와 군복 매무새를 가다듬는다.

다른 한 켠에서 연인이 이별을 한다.

박채봉 안 가면 안 돼요?

김병현 나 조선 사람이야. (낮지만 강한 어조로) 소작농 아들이고.

박채봉 그럼, 아무도 모르는 곳으로 도망가요, 오라버니만 있으면
어디든 좋아요.

김병현 징병 안 가면 식구들이 시달려. 나 혼자 죽는 게 낫지.

박채봉 그런 말 하지 마세요. (훌쩍이며, 무언가를 내민다) 오라버니…
센닌바리, 천 사람이 한 바늘씩 뜨면 절대로 안 죽는대요.

김병현 사람 목숨 하늘에 달린 거데… 혼례 앞두고 아까가미 받
았으니, 우리 인연은 여기까지야.

박채봉 그런 말 말아요. 기다릴 테니, 돌아오면 그때 혼인해요,

김병현 정신대 끌려가기 전에 시집가. 윗마을 석이 형님, 징병 간
지 6개월 만에 전사 통지서 왔단다.

박채봉 오라버니!

김병현, 아무 말 없이 천인침을 머리에 두르고 군모를 쓴다. 몸을
돌려 대열로 간다.
채봉, 병현의 뒷모습을 보며 눈물짓다 헛구역질을 한다. 놀란 얼굴.
잠시 후 이철규, 민병주가 들어온다.

확성기 이 자리는 장한 뜻을 품고 먼 길을 떠나는 반도 남아를 송
별하기 위한 장행회입니다. 여기 모인 청년들은 내선일체

정신에 입각하야 천황폐하를 위해 목숨을 바치는 영광의 길을 걸어갈 장정들입니다. 이들의 무운장구를 빌면서, 대일본제국이 대동아공영의 선진국으로 승승장구할 수 있도록 빌어 주시기 바랍니다. 덴노헤이까 반자이, (다 같이) 반자이! 반자이! 반자이!

목소리 자, 여기들 보세요. 기념사진 찍습니다. 이찌, 니, 산!

스트로보가 터지면서 암전.
기미토보꾸가 크게 흐른다.

3장. 싸우지도 않고 終戰!

요란한 기적소리.

영상 *만주벌판을 달리는 기차*

잠시 후 달리는 기차 영상 한 켠에 뜨는 영상.

자막 *1945년 8월 9일 소련 대일 선전포고*
자막 *1945년 8월 11일 만주 일본관동군 산하 하일라얼 515부대*

병사들, 줄 맞춰 들어오다 먼 포탄 소리에 놀라 허둥대며 몸을 숨긴다. 포성이 멎자, 머쓱한 듯 피식거린다. 마사키는 울먹이는 사또오를 달랜다.

민병주 (어깨를 펴면서) 허허, 싸우기도 전에 죽는 줄 알았네.

신용석 (먼지를 털면서) 모양 빠지구로 이기 머꼬? 지금 죽으면 전사(戰死)도 아인데!

이철규 생사를 같이하게 됐으니, 이름이나 알고 지냅시다. 나, 이철규요.

윤학구 반갑습니다. 윤학구요.

신용석 신용석이요.

김병현 김병현이요.

민병주 (인사할 틈을 못 찾아 머뭇거리다) 내래… 내래 민병주요.

이철규 모두 잘 지내봅시다.

칸노 히로시 소좌가 들어온다.

일본병사 모토노바소니 탓테! 젠타이키노 츠케! (제자리에 서! 전체 차렷!)

칸 노 하일라얼 515부대[4]에 온 것을 환영한다. 제군들은 영광스럽게도 천황폐하의 직속부대인 관동군에 합류하게 되었다. 우리의 적은 쏘련이며, 쏘련은 정면공격과 인해전술

---

4) 북만주 하일라얼에 소재한 관동군 산하 부대.

밖에 모르는 삼류군대다. 우리 관동군은 천황폐하를 위해, 쏘련을 쳐부수고 대동아공영을 이루는 데 일로매진한다!

일본병사　황국 내지인은 한 발 앞으로!

총을 마사키와 사또오에게만 지급한다.

신용석　우리는 와 총 안 주노?

이철규　조선 사람은 맨손으로 싸우라는 거야?

민병주　총 쓸 일 없어야지비.

가까워진 포탄 소리. 연이은 포격에 순식간에 대열이 흩어진다.

칸　노　(병사들을 앞으로 밀면서) 황국 군대는 절대 물러서지 않으며, 오직 돌격만이 있을 뿐이다! 포로로 잡히면, 자결함으로써 황국 군대의 명예를 지킨다!

지축을 흔드는 전차 소리.

사또오　아레가 난다? (저게 뭐지?)

신용석　산만한 전차가 몰려 온다!

이철규　우리는 쪼매난 마메 땅꼬 밖에 없는디!

칸　노　야마토 정신[5] 모르나? 야마토고코로(眞心)!

---

5) 전투 현장을 제대로 이해하지 못한 일본 3성 장군 무다구치 렌야 중장의 어이없

연이은 포성에 혼비백산한 병사들. 잠시 후 라디오 소리에 동작을 멈춘다.

일본 천황의 침통한 목소리가 흘러나온다.

영상·자막 *전쟁종결조서(戰終詔書)* (일 천황이 발표한 종전조서)

> 짐은 세계의 대세와 제국의 현 상황을 감안하여 비상조치로
> 서 시국을 수습코자, 충성스럽고 어진 백성들에게 고한다.
> 짐은 제국정부로 하여금 미·영·중·소 4개국에 그 공동선언
> 을 수락한다는 뜻을 통고하도록 하였다….

굳어있던 병사들, 마법에서 풀린 듯 웅성댄다.

마사키 (낮은 목소리로) … 슈우센 쇼오쇼!

이철규 종전 조서, 전쟁을 끝내는 천황의 칙서?

순간, 분위기가 가라앉는다.

윤학구 종전? 항복이 아니고?

는 주장 중 하나.
"보급은 원래 적의 것을 빼앗아 쓰는 거야. 차량이 부족해? 소랑 말에 짐 신고 가다가 짐 없어지면 개들 잡아먹어. 그러면 식량과 수송이 한꺼번에 해결되지 않나! 무기가 없다고? 일본인에게는 야마토 정신이 있어. 총탄이 떨어져도 손발이 있어. 식량? 일본인은 원래 초식 민족이야. 정글에 널린 게 풀인데 왜 먹을 게 없어?"

민병주　수세에 몰리니끼니 선수를 치네, 기래.

마사키　(고개를 가로저으며) 하나시니 나라나이코토! *(말도 안 되는 소리!)*

이철규　그라제, 말도 안 되는 소리제! 개 소리제!

자막　*1945년 8월 19일*

관동군사령관　(목소리) 다이 니혼 테에코쿠 칸토오군와, 소렌니 무조오켄 코오후쿠스루! *(대일본제국 관동군은 소련에 무조건 항복한다!)*

차렷 자세로 경청하던 칸노는 나직이 '우미유카바'[6]를 부른다. 마사키, 복잡한 표정으로 하늘을 올려다보고, 조선 병사들은 들뜬 모습이다.

칸　노　우미유카바 미즈쿠 카바네 *(바다로 간다면 물 젖은 시체)*

야마유카바 쿠사무스 카바네 *(산으로 간다면 풀 자란 시체)*

오-키미노 헨-니코소 시나메 *(천황의 곁에서 죽어도)*

노도니와 시-나지 *(후회스러운 죽음은 되지 않으리)*

이철규　관동군이 소련헌티 항복했디야… 요!

신용석　그라모 우리는 어쩨 되노… 요?

김병현　(들떠서) 어찌 되기는? 집에 가는 거지… 요!

민병주　(기뻐하며) 9월이면 직장에 복귀하갔디… 요?

윤학구　(벅차서) 자유다! 해방이다!

---

6) 우미유카바: 천황을 위해 기꺼이 죽겠다는 뜻의 노래로, 자결할 때도 부른다.

신용석   요!

칸 노   (장검을 마사키에게 건네고는, 무릎을 꿇는다) 덴노 헤이까 반자이!

단검을 높이 쳐든 순간, 마사키가 칸노의 손목을 붙든다.

마사키   (무릎을 꿇고) 쇼오사,(소좌님) 시간에 복종하십시오!

칸 노   (마사키의 멱살을 잡고) 다마레!(닥쳐!) 날 부끄럽게 만들 셈 이냐?

그때, 소련군들이 들이닥친다.

소련군   (소리) 브로시 스보예 아루쥐예! (무기를 버려!)

칸노와 일본병사들 무기를 버린다. 모두들 긴장한 표정이다.
불안한 음악 흐르면서 서서히 암전.

4장. 어디로?

석양의 기차역. 증기를 내뿜는 기차들.

자막   *1945년 8월 20일 만주 후라루끼역*

불안하지만 들뜬 병사들이 들어온다. 소련 감시병이 소리를 지르며 줄을 세운다.

감시병　　스타인찌 보츠리츠! 스타인찌 보츠리츠!

칸　노　　(윤학구에게) 노유꼬또 난떼 이나또? *(무슨 말이야?)*

윤학구　　줄 서라고.

이철규　　(칸노가 못 알아듣자) 다이레즈, 다이레쯔! *(대열, 대열!)*

칸노가 구령을 붙인다.

칸　노　　다이따이, 기요쯔께! *(대대, 차렷!)*

이철규　　(혼잣말로) 허이고, 누가 네 말을 듣냐?

칸　노　　(더 큰 소리로) 다이따이, 기요쯔께!

감시병이 좀처럼 말을 듣지 않는 병사들 앞으로 나온다.

감시병　　야폰스키, 다모이, 다모이!

신용석　　뭐라꼬 씨부리쌌노… 요?

윤학구　　일본 사람들은 집으로 보내준다는 뜻이요.

이철규　　그라믄 우들은! 우리 조선 사람들은 어쩐다요?

김병현　　일본군으로 끌려왔으니, 일본 사람인가… 요?

민병주　　그럴 거이요. 공식적으로는 일본군이니까니….

신용석　　그라모 인자 고향 가는 거… 요?

21

이철규 암만, 돌아가야제. 나가 있어야 할 곳잉게. 그잖여요?

윤학구 난 새로운 세상을 찾아갈 거요.

감시병, 기차를 가리키면서 다시 소리를 친다.

감시병 (기차를 가리키며) 다모이, 다모이! 뽀에스트, 뽀에스트! *(기차, 기차!)*

김병현 저거… 타란 말이요?

윤학구 그렇소.

모두 감시병의 지시에 따라 기차 화물칸에 오른다. 들떠서 나누는 대화가 시끄럽다.

신용석 조선으로 먼저 가겄지? 일본 놈들은 부산항에서 배 타면 되고… 요!

민병주 흥남 부두가 먼저지비. 제 놈들도 집에 빨리 가고 싶을 텐데… 요

이철규 (마사키와 사또오에게) 니혼진, 타! (조선병사들에게) 난 평양서 경성, 경성서 군산역으로 가면 되아요. 군산서 전주는 가까우니께… 요.

기적을 울리며 기차가 덜컹 출발한다. 신용석과 김병현, 이철규는 난간을 붙잡고 바람을 맞는다. 칸노와 일본 병사들은 구석에 앉아

있다.

신용석 잘 있어라, 만주 땅아~
김병현 채봉아, 기다려라~
이철규 마누라, 아그들아, 나 돌아간당께~

밤낮없이 기차가 달린다.

영상 *띄엄띄엄 민가가 보이는 만주벌판*

창으로 들어 온 달빛이 지쳐 잠든 병사들의 얼굴을 비춘다. 두어 밤
이 지나자 병사들이 열차 밖을 내다보고는 웅성거리기 시작한다.

민병주 이상한데? 만주에서 흥남까지는 가까운데… 엉뚱한 데로
가는 거 아이가?
김병현 북서쪽으로 달리는 것 같아요.
이철규 조선으로 가는 거이 아니고?

모두들 허탈해서 주저앉는다. 우는 병사들도 있다.

김병현 어딘지도 모르고 끌려왔는데, 이제 또….
이철규 우리는 왜 맨 날 끌려다니는 거여!
윤학구 조선 사람으로 태어났을 때부터 선택권이 없었어!

민병주	일본 놈들은 만주로, 쏘련 놈들은 어드메로 끌고 갈까?
신용석	… 고마 탈출합시다!
김병현	그래요, 남동쪽으로 내려가기만 하면 돼요.
윤학구	집에 보내준다잖아요! 기다려 봅시다.
김병현	아니면 어쩔 건데?
윤학구	뭐, 낯선 곳도 나쁘진 않지.
신용석	머라카노!

기차는 달리고, 해가 떴다 지기를 반복한다. 점점 불안과 두려움이 커진다.

김병현	도대체 어디로 가는 거지?
신용석	말을 안 해주이 알 수가 있나?
김병현	알아듣기는 하나, 소련말?
신용석	니는!
김병현	반말하네?
신용석	니가 먼저 시작했잖아?
윤학구	그만합시다, 조선 사람들끼리.
민병주	이참에 우리 말 편하게 하기로 합시다. 을축생 동갑이니끼니.
이철규	좋아야!
윤학구	찬성!
신용석	그라든지. (김병현에게) 니는?

김병현　반대할 이윤 없지.

신용석　고향 가는 그날까지 잘 지내보자… 자자.

여기저기서 낮은 한숨이 길게 깔린다.

이철규　… 이대로 잠들면, 영원히 못 깨어나불면… 시간의 모래 우에 내 발자국이 남을랑가? 내 이름 석 자 기억해줄랑가?

창틈으로 새어든 푸른 달빛에 잠 못 든 청년들의 얼굴이 차례로 보인다.

윤학구　윤학구. 서울 출신. 배재 중학 졸업 후, 만주국립대학 하얼빈학원[7]에 관비 유학. 러시아어를 공부하다 해방 일주일 전 징병 당했다. 새로운 세상을 만날까 싶어 설렌다… 그런데 어디로 가는 거지?

민병주　민병주. 평양 출신. 평양 숭인상고 졸업 후 만주국 경제부 시험에 합격. 투먼 세관에서 일하다, 징집당했디. 만주 사정은 밝지만, 무슨 일이 벌어질지는 도대체 모르갔어… 절망의 시간에도 인간다움을 잃지 않길…

이철규　전주 사람 이철규여. 일본 교토 중학 졸업 후, 전주상생공립 초등학교에 근무하다 잡혀 왔쓰. 혼인 석 달 만에 과부 맹근 색시, 3학년 아그들, 겁나게 보고잡네. 지금의 혼란

---

7) 소련과 일본이 러시아전문가를 양성하기 위해 세운 학교.

이 두렵긴 하지만서도, 나는 나로 살다 돌아갈 거여.

김병현 김병현. 경기도 성남. 소작농의 아들로, 경성사범에 합격
했지만, 사상검증에 걸려 떨어졌다. 논 몇 마지기에 지주
아들 대신 끌려왔는데, 소작농의 운명이라고 여기기엔 너
무 억울하다… 나서지 말자. 부당한 세상을 뒤엎으려면
때를 기다려야 한다.

신용석 영천 사나이 신용석. 농사꾼인데, 영장 받아서 을매나 좋
든지! 일본말 서툴다고 짤릴 뻔했다 아이가! 일본 군복 걸
치마 1등 국민 되는가 싶었는데… 조졌다!… 그래도 봄은
오겠제?

마사키 와따시와 마사키 겐지. 일본국 홋카이도에서 온 시계수리
공이다. 고향집에는 아내와 아들이 있다. 43살 예비역인
데, 다시 징집당했다. 인간의 시간은 시계처럼 정확하지도
않고 규칙적이지도 않음을 절감하는 중이다. 어디로 갈지
모르지만, 내가 겪는 시간의 자락을 놓치지 않기를….

칸 노 (한참 동안 달을 쳐다보고는) 보꾸와 칸노 히로시. 대 일본제국
육군사관학교 졸업. 버마 전선에서의 활약으로 진급에 진
급을 거듭했고, 영광스럽게도 천황폐하의 직속부대인 관
동군 소좌[8]로 임명됐다… 시간에 복종하라고? 시간을 되
돌릴 순 없지만, 시간에 지지는 않을 테다! 다이 니뽄 데
이고끄 반자이!(*대일본제국 만세!*) 덴노 헤이까 반자이!(*천황
폐하만세!*)

---

8) 소좌(少佐): 지금의 대한민국 군대 계급체계로 치면 소령에 해당한다.

조명, 마사키에 기대어 잠든 사토오를 비춘다. 곤하게 잠든 사토오의 숨소리가 기차 달리는 소리로 이어진다. 점점 거세지는 바람이 눈바람으로 바뀐다. 몸을 웅크리는 청년들. 칠흑 같은 어둠 속으로 달리는 기차. 기적소리 울린다. 어느덧 희끄므레 밝아지는 새벽.

영상   *소련영토로 접어든 듯 벌판과 자작나무 숲이 교대로 보인다.*

병사들의 얼굴과 열차에 비치는 조명으로 시간의 흐름을 나타낸다. 병사들은 시간에 따라 절망이 짙어진다.

이철규   여어가 워디쯤이여?

김병현   북서쪽으로만 달려왔어.

신용석   탈출할란다! 띠어 내리면 되지!

마사키   (무릎에 얼굴을 묻고 있다가 벌떡 일어서서 칸노에게 경례를 붙인다) 유루시테 구다사이. *(용서하십시오)* (뛰어내리려 한다)

칸 노   (마사키를 붙잡는다) 마까나모네와 유크세! *(바보짓 하지 마!)* 우린 돌아갈 수 없다. 아니, 돌아갈 곳이 없다. 포로가 됐을 때부터.

이철규   (칸노의 멱살을 잡으며) 돌아갈 곳이 없다고? 누구든 고향이 있어! 우덜을 기다리는 사람들이 있다고!

김병현   (흐느낀다) 채봉아~

사토오   오까상…

칸 노   따마레! *(입 닥쳐!)*

27

슬픈 음악 흐르는 사이로 흐느끼는 소리.

기차는 기적을 울리며 깊은 밤으로 달린다.

5장. 전쟁포로수용소

이른 새벽. 푸른 안개 속에 터벅터벅 지친 발소리가 들린다.

영상   *1945. 9. 24. 하바롭스크 수용소*

수용소로 들어오는 청년들. 추워서 덜덜 떨면서 불안한 듯 이리저리 흘깃거린다.

민병주   우라지게 춥구만 기래! 아직 9월인데.

윤학구   (간판을 보고는) 하바롭스크 포로수용소. 꼼짝없이 갇혔어!

루드밀라 이사노프 소장과 통역병이 들어온다.

신용석   어, 저어 누가 온다!

통역병   슈모크!*(주목!)* 슈모크!

루드밀라   가스빠다 도브로 빠좔로바찌 프 하바롭스끼 라게리! 야 루드밀라 이사노프, 지렉또르 라게랴. *(제군들, 하바롭스크 수용소에 온 것을 환영한다. 난 루드밀라 이사노프 소장이다)*

통역병	(서툰 일본말로) 고노가따와 루드미라 이사노프 쇼쪼.
이철규	저 째깐한 여자가 소장이라는구만.
윤학구	루드미라 이사노프 소장….
통역병	다이레쯔, 다이레쯔!
신용석	(이철규가 통역을 하려는데) 줄, 줄 서란다.
이철규	여자라서 잘해주겠지.
민병주	모르지, 에미나이라서 더 지독할지.

모두 웅성거리며 줄을 서고, 입소 절차가 진행된다. 통역병이 묻고 소장이 답을 받아 적는다. 확인을 마친 사람은 배급받은 작업복으로 갈아입는다.

통역병	나마에, 가이큐?(이름, 계급?)
마사키	마사키 겐지. 죠오또오해.(상병)
통역병	마사키 겐지. 상병.

사또오와 윤학구가 차례대로 불려 나간다.

김병현	가만. 이제 일본군 아니잖아!
신용석	맞다, 전쟁 끝났으이까!
이철규	근디 왜 끌고 온겨?
민병주	무시기 잘못됐어.
신용석	하, 일본 군복 입었다꼬 그카나?

윤학구   옷이 사람은 아니잖아!

민병주가 김병현, 신용석을 앞질러 나간다.

통역병   나마에, 가이큐?
민병주   민병주. 니또오해.
통역병   민병주. 이등병.
민병주   보시라요, 내래 반도인, 아니 조선인이요!

통역병이 민병주를 밀어내자, 신용석이 군복 상의를 벗어젖히고
앞으로 나선다.

신용석   (거칠게 대든다) 보소, 나도 조선 사람이요! (통역병에게 팔이 꺾
이자 기가 죽어서) 신용석. 니또오해.
통역병   신용석. 이등병.

김병현이 덤비듯 자리에 선다.

통역병   (강한 어조로) 나마에, 가이큐! (이름, 계급!)
김병현   김병현. 니또오해.
통역병   김병현. 이등병
김병현   나도….

통역병이 김병현을 강하게 쳐다보자, 김병현 머뭇거리다 돌아선다. 이철규가 뛰어든다.

이철규 이철규. 니또오해. *(애타게)* 와따시와 카레이스키! 와레라 카레이스키!*(조선 병사들을 가리키며!)* 우덜은 조선 사람이랑게!

이사노프 소장, 힐끗 쳐다보고는 고개를 돌린다. 끝줄에 서 있던 칸노, 못마땅한 표정이다.

칸 노 이꾜오 조센징!*(비겁한 조선 놈!)*
민병주 *(칸노를 돌아보며 낮은 소리로)* 이 쪽바리가!
이철규 이꾜오 니혼진!*(비겁한 일본 놈!)* 이꾜오 니혼진!
칸 노 *(이철규를 노려보면서)* 고노야로!

칸노, 손날로 이철규의 가슴을 쳐서 쓰러뜨리고는 손을 털고 앞으로 간다. 마사키 겐지가 이철규를 일으킨다.

칸 노 칸노 히로시, 쇼오사.
통역병 칸노 히로시, 소좌.

통역병이 일반 포로와는 다른 옷을 준다.

루드밀라 빅 부지쩨 우차스트보바찌 프 스뜨로이쩰스트베 젤레즈

노이 다로기. (*너희들은 철도 부설 작업에 투입될 것이다*)

윤학구   철.도.부.설?

통역병   너희들은 철도부설작업을 할 것이다.

이철규   뭐여, 철도부설작업?

민병주   강제징병에, 포로수용소에, 강제노동이라니!

신용석   (믿지 못하겠다는 듯) 쫌 째비 봐라. 쩨비라 카이! 와아 씨, 일등
국민 될라꼬 입은 군복이… (병현이 뺨을 때리자) 와 때리노!

김병현   (냉정하게) 우린 노예가 된 거야. 소작농보다 못한 노예가!

마사키   이 부당한 시간을 버텨야 한다.

칸 노   나 칸노 히로시는 대 일본제국의 장교다. 이 잔혹한 시간
을 이길 테다.

모두들 망연자실한 가운데, 이사노프 소장이 포로들의 반응을 찬
찬히 살펴본다.

루드밀라   까쥬다야 로따, 브즈보드 쥐뵤뜨 브 바라께 아소보고 라스
쁘레젤레니야. (*각 중대, 소대 별로 배정된 바라크에서 생활한다*)

통역병   각 중대, 소대 별로 막사를 사용하도록!

루드밀라   바라끄 우쁘라블랴에짜 스따르쉼 아피쩨롬. (*바라크는 상급
장교가 관리한다*)

통역병   (칸노에게 손짓을 하며) 막사는 상급 장교가 관리한다.

뒤에 서 있던 윤학구가 앞으로 나온다.

윤학구 (러시아어로) 빠좔스따 뻬레라스쁘레젤리쩨 바라끄. *(막사 배정 다시 해 주십시오)*

통역병 말 못 들었나!

윤학구 (차분하지만 강한 어조로) 출신 국가별로 막사 배정 다시 해주십시오. 전쟁도 끝났는데, 왜 일본 군대 체제대로 묶어두는 겁니까?

루드밀라 이름은?

윤학구 윤학구입니다.

루드밀라 러시아 말 어디서 배웠나?

윤학구 하얼빈 대학에서 러시아어 전공했습니다.

루드밀라 의사소통은 수월해지겠군.

윤학구 막사 배정 다시….

루드밀라 수용소에는 규율이 필요해. 군대 체제로 운영되는 게 효율적이지.

루드밀라가 몸을 돌린다. 통역병이 윤학구를 대열로 밀어내자 저항하는 윤학구.

윤학구 저희는 조선 사람인데 일본군으로 끌려왔습니다. 포로가 되었는데도 일본 장교의 명령에 복종해야 합니까?

루드밀라 (등을 돌린 채) … 상부의 지침이야.

윤학구 규율이 필요하다는 건 이해합니다. 하지만 의사소통이 어려우면 작업능률도 떨어질 것 아닙니까?

루드밀라 (몸을 돌려 윤학구를 찬찬히 살펴본다) 일본 장교에게 대들던 배
         짱 좋은 친구 불러와.

윤학구 예?… 이철규 말입니까?

루드밀라 (서류철을 뒤져 이름을 찾아낸다) 그래, 이철규!

윤학구 … 알겠습니다.

         윤학구, 이철규를 앞으로 데리고 나온다. 이철규, 긴장한 표정이다.

루드미라 랴다보이 이철규, 나즈나첸 브리가지롬. 스젤라이 이흐
         하라쇼 라보타치 이 브이폴 니 므노보 노르무! *(이철규 이
         병, 작업반장으로 임명한다. 노동을 독려해서 노르마 초과 달성을 이
         루도록!)*

윤학구 작업반장 맡으라는군.

이철규 뭐여? 작업반장?

신용석 소장 말은 긴데, 니 말은 짧다?

민병주 싱겁기는.

이철규 나가 뭐땀시 쏘련놈 앞잡이 노릇을 해야 하는 거여?

윤학구 노르마 달성에 힘쓰래.

민병주 노르마가 뭔디?

윤학구 일일목표량.

루드밀라 토트, 크토 브이폴니트 노로무, 톨코 모제트 에스치! *(노르
         마를 달성한 사람만 정량 급식이다!)*

윤학구 노르… 일일목표량을 채운 사람에게만 정량대로 급식

한대.

이철규　싫당게. 지 놈들 개노릇 하라는 건디, 이 명령을 받들어 지키라고?

윤학구　진정해, 누가 해도 해야 할 일이야.

이철규　난 못 혀! 일본 놈덜 전쟁 땜시 포로가 된 것만 해도 억울헌디, 친구들을 닦달하고 감시허라고? 난 못혀! 안 헌다고!

민병주　일본 놈이 작업 반장하는 것보단 낫지 않간?

신용석　조선 병사 도와줄 수도 있다 아이가.

이철규　왜 하필 나여, 왜?

김병현　키 크지, 힘세지, 배짱 좋지, 우직하지! 자네가 적임자야! 은혜는 잊지 않을게.

이철규　씨알도 안 멕히는 소리 하덜 말어! (강하게) 난 안 할껴! 못 혀!

감시병이 총을 겨눈다. 모두 놀라 손을 든다. 루드밀라가 총구에 호각을 걸고는 이철규에게 손짓을 한다. 이철규, 루드밀라의 기세에 눌려, 호각을 받아 목에 건다.

이철규　(더듬거린다) 와따시와 사교오… 한조오. 나는 작업반장 이철규다.

루드밀라　막사는 일본 장교, 작업장은 조선 병사, 이 정도로 정리하지… 바라크로 가도 좋아.

신용석	그라모, 칸노가 막사 대장이가?
윤학구	응.
통역병	(머뭇거리는 병사들을 막사로 몰아넣는다) 바라크, 바라크!
루드밀라	그리고 자네, 그래, 윤학구 이병, 오늘부터 통역을 맡도록!

윤학구, 착잡한 표정이다. 긴장감 넘치는 음악 흐르면서 조명 서서히 암전.

6장. 지옥의 시간: 노르마, 노르마!

벌판 작업장. 매서운 바람 소리. 포로들은 바위를 파내 흙을 걸러내고, 몇몇은 바위를 질 통에 담아 운반하고 있다. 이철규는 작업지시와 작업량기록으로 바쁘다.
이사노프 소장과 윤학구가 들어온다.

루드밀라	칸노 소좌가 아직도 작업장에서 일한다고?
윤학구	아무리 말려도 고집을 피웁니다. 포로가 된 자신에게 벌을 주는 것 같습니다.

루드밀라 소장, 이철규 쪽으로 다가간다.

루드밀라	가꼬바 라보차야 씨뚜아찌야? (작업 상황은?)

윤학구	작업 상황은 어때?
이철규	보면 몰러? 땅 파고 있잖여.
윤학구	프 쁘로쩨쎄 부레니야. *(굴착작업 중이랍니다)*
루드밀라	쁘로그레스? *(진척도는?)*
이철규	그놈의 쁘로그레스! 땅이 얼어갖고 맘대로 안 된당게. 거어다 바우 투성이여!
윤학구	이즈자 홀로다 쩸쁘 라보띄 자메들렌늬 노 깜네이 므노고. *(땅이 얼고 바위가 많아 작업속도가 더디답니다)*
루드밀라	노르마 아뱌자쩰노 다스찌그누트 쩰리! *(노르마는 반드시 달성하도록!)*
윤학구	일일 목표량은 꼭 달성….
이철규	니미럴! 자네가 언 땅 파 봤어? 쥐뿔도 모르면서 노르마, 노르마!
윤학구	미안… 하네.
이철규	씨벌. 못 먹웅게 힘이 없는 거여. 희망이 없웅게, 곡괭이들 이유를 모릉게, 힘이 안 생기는 거여! 우리가 누굴 위해, 뭐 땀시 이 고생을 해야 하는겨?
윤학구	진정해. 소장이 보고 있어.
이철규	*(이사노프 소장 눈치를 보면서 화를 가라앉힌다. 작업장으로 돌아가 어설픈 김병현의 작업 도구를 빼앗는다)* 줘봐야! 그래갖고 원제 끝낼겨?
김병현	놔둬! 내 방식대로 할 거야.
이철규	소작농 아들이라면서 괭이질도 못혀?

김병현 소작농 되기 싫어 공부만 했다, 왜?

이철규 공부는 나도 했어!… 이러다간 반쪽밖에 못 먹어야.

김병현 빵 한 쪽에 날 팔고 싶진 않아!

이철규 먹어야 살지! 살아남아야 돌아가고!

김병현 설교 좀 하지 마! 내가 자네 학생으로 보여?

이철규 뻗대지 말고 잘 봐야. 칵 찍어갖고 이쪽으로 바짝 땡기야 힘도 덜 들고 안 다치는 거여! 마사키상 좀 봐야. 아부지 나이인데도 꼬박꼬박 달성하잖여!

김병현 내가 마사키 상병보다 못하단 말이야?

이철규 아니란 말은 못허겄어.

김병현 이 자식이!

이철규 자식이라니! 니가 내 애비여? 모르면 배워야제! 살아남는 법을 배워야제!

김병현 입 닥쳐! 왜 자꾸 훈수질이야!

이철규 허이고 포시랍다! 일허기는 싫고, 지기도 싫고. 이 아그가 뭘 믿고 싸움소맹키로 들이받기만 헌다냐!

김병현이 발끈해 주먹을 휘두른다. 둘이 맞서는 사이, 돌을 지고 가던 사또오가 휘청거리더니 쓰러진다. 칸노, 사또오를 살펴보는 마사키를 밀치고 사또오를 억지로 일으켜 세운다. 사또오가 다시 쓰러지자, 기어이 일으켜 세워서 등에 망태기를 지운다. 사또오, 무릎이 꺾인다.

38

칸　노　(사또오를 내팽개치며) 허약해 빠진 놈, 황군으로서 부끄럽지
도 않아?

김병현　(사또오의 비명에) 네가 사람이야?

이철규가 김병현의 입을 막고 말린다.
이사노프 소장, 칸노와 시선이 마주치지만, 못 본 척 고개를 돌린다.

윤학구　왜 저리 가혹한 걸까? 힘을 가지면 냉혹해지는 걸까?

마사키　(사토오를 붙든 채 칸노의 등을 바라보며) 인간임을 포기해야 버
티는 참혹한 시간. 나는 살아있는 걸까?

해가 기운다. 땅 파는 소리와 신음이 뒤섞여 을씨년스럽다. 앞이
안 보일 만큼 어두워지고서야 호각 소리. 연장을 든 병사들이 허
리를 두드리며 수용소로 돌아온다. 별이 뜨는 들판. 멀리서 구슬픈
발랄라이카 소리가 들린다. '들판에 자작나무가 서 있네.'

잠시 후 수용소 막사 앞 급식소. 이철규가 목표량을 채운 사람과
못 채운 사람을 구분한다. 달성자는 죽 한 그릇에 검은 빵 한 덩
이, 미달성자는 죽 한 그릇에 빵 반 덩이가 지급된다. 먼저 도착
한 민병주, 김병현이 급식을 받는다. 이어서 배고픈 병사들이 줄
을 선다.

이철규　신용석 303키로, 이짝으로! 칸노 히로시, 305키로, 이짝

으로! 사또오 히로가와, 230키로, 저짝으로!

사또오 몸이 아파서….

이철규 … (감시병의 눈치를 보고는) 아따, 오늘은 저 짝으로 가야!

사또오 제발! 못 먹으면 일을 더 못 합니다.

이철규 … 오늘은 안 돼야! 뒤통수가 따갑당게!

칸 노 (빵 반쪽을 받고는 울며 돌아서는 사또오를 밀친다) 야마토 정신은
어디 간 거야?

사또오 (떨어진 빵을 주우면서) 배가… 고파요.

칸 노 빠가야로!

민병주, 신용석이 사또오에게 빵을 조금씩 나누어준다. 김병현은
잠시 고민하다 고개를 가로젓는다.

사또오 아리가또 고자이마스.

칸 노 (사또오의 멱살을 잡고 때린다) 황국 군인이 자존심도 없어?

민병주 (대열에서 뛰쳐나오며) 야아, 이 나쁜 놈아! 자존심이 더 중
하네?

신용석 (칸노가 민병주를 밀쳐 내자, 칸노에게 덤빈다) 땅 파서 농사짓던
나도 힘든데!

칸노, 사또오에게 침을 뱉고는 급식줄로 간다. 김병현, 분노에 찬
눈길을 감춘다.

윤학구 (자신의 숙소에서 이 광경을 바라보면서) 칸노 히로시! 허약함에 대한 광적인 증오는 어디서 비롯된 걸까!

침묵 속의 식사. 속이 덜 차는지 반합 바닥을 긁어댄다. 신용석이 반합을 거두어 반납하는 사이 모두 막사로 들어간다.

신용석 하, 간에 기별도 안 간다. 물배라도 채울까?

민병주 오줌 한 번 누면 말짱 도루묵이야. 잠만 설치지.

김병현 (자리에 누우면서) 꿈속에서 많이 먹게 얼른 자자.

부드러운 음악 흐른다.

민병주 아, 동치미에 랭면 말아 먹고 싶다야.

신용석 추운데 냉면은!

민병주 그러면 오마니가 빚어주시던 만두! 돼지고기에 숙주 다져서 … 김이 모락모락 피양 만두….

이철규 나는 비빔밥. 푹 삶은 보리밥에 가지나물, 애호박나물, 숭숭 썬 열무김치 올리고 보리고추장에 들기름 여어서 비벼. 오른짝으로 비비고, 왼짝으로 비벼서 볼때기가 미어지도록 한 숟갈 옇고 (씹는 시늉) 흐흐흐… 거어다. (여기저기서 침 삼키는 소리) 이 시린 우물물 한 사발 마시고, 시금털털한 방구 한 방 뀌고 나면 신선이 따로 읎어야!

마사키 (조선 병사들의 낮은 웃음소리에) 난데 와라우노? (왜 웃어?)

이철규   (마사키에게 손짓으로) 먹고 잡은 음식 없어요?

마사키   나는… 설날 아침 아내가 만들어 주던 따뜻하고 부드러운 오세치.

사또오   나는 당고 먹고 싶어요, 찹쌀 경단에 팥 묻힌.

마사키   하나요리 당고! *(꽃보다 당고!)*

이철규   꽃보다 당고? 당고가 허벌나게 오이시 허단 말이지라?

마사키   혼또니!

신용석   나는 쑥국. 보릿고개 넘을 때는 꽃보다 나물! 나물이 더 이뿌다. 울 어무이는 쑥국에 콩나물을 한 주먹 옇는데, 참 시원해. 그 힘으로 가을걷이까지 버티는 거라. 시베리아에는 너무 추버서 쑥도 안 나겠제? 김형은?

김병현   추수 끝나고 먹는 도토리묵.

사또오   (이철규의 통역을 듣고) 추수하면 고메노메시*(쌀밥)* 먹어야지요.

김병현   소작료 내고 나면 쌀독이 비어서… 콩나물국에 조밥, 채 썬 김치에 도토리묵, 들기름 한 방울 넣고 말아 먹으면….

신용석   채봉이하고 도토리 주우로 댕깄제? 산에서 손도 잡고, <u>ㅎㅎ</u>

김병현   나 참! 말 많이 하면 배만 더 고프다.

모두 짓궂게 웃다. 서글픈 한숨을 쉰다. 스산한 바람소리와 함께 밤이 깊어 간다.

윤학구의 공간. 윤학구, 책상에 앉아 손을 비비며 일기를 쓰고 있다.

윤학구 마침내 밤이다. 노르마를 달성 못하면 먹지 못하는 냉혹한 현실. 방관자가 되어야 하는 나 자신이 밉다. 죽음 같은 이 시간 끝에 부활이 기다리길… 달빛은 무심하고도 아름답다.

쇼팽의 에뛰드가 흐르고, 윤학구, 밤하늘을 바라본다.
루드밀라도 책상에 앉아 일기를 쓰고 있다.

루드밀라 막사 관리자는 장교로 배정했지만, 노동은 계급과 상관없이 같은 조건에서 수행된다. 급식을 비롯한 작업환경, 노동의 강도나 일일 목표량도 동일하다. 나는 믿는다. 이것이 위대한 사회주의국가 건설에 첫걸음이 될 것을. 시베리아 농노의 딸, 루드밀라 이사노프는 대륙횡단 철도 부설로 계급 없는 평등한 세상을 이루는 첨병이 될 것이다.

달빛이 푸르다. 딱딱이 소리로 소등을 알린다.

경비원 빠뚜하니에! 빠뚜하니에! 쇼오또~! 쇼오또~!

윤학구와 루드밀라의 공간에 차례대로 불이 꺼진다. 쇼팽의 에뛰드가 흐르면서 조명 서서히 암전.

7장. 지옥의 시간: 말똥 감자와 양배추

다음 날 늦은 오후 작업장. 괭이 소리도 힘이 없다.

이철규   (작업 상황을 둘러보다 하늘을 쳐다보고는) 작업 시마이!
사또오   이러다 죽을 것 같아요. 오늘도 달성 못했는데….
마사키   집에 갈 때까지 살아남아야지. 작업반장에게 잘 얘기해 볼게.

연장을 챙겨 앞서가던 민병주가 길바닥에서 무언가를 발견한다.

민병주   가만! 저거이 뭐이래?
신용석   어데, 어데?
김병현   … 감자다!
마사키·사또오   (동시에) 자가이몽!

누가 먼저랄 것도 없이 덤벼든다. 칸노, 한심하다는 듯 코웃음을 치고 지나치고, 작업장을 마무리하고 뒤따라오던 이철규가 싸우는 소리에 달려온다. 마사키와 민병주, 김병현은 한 개씩을 챙겨 물러나고, 사또오와 신용석이 다투고 있다.

신용석   놔라, 내 거다!
사또오   아냐, 내가 먼저 집었어!

신용석   이기 어리다고 봐 주이까!

사또오   (울면서) 배가 고프단 말이야. (김병현이 사또오의 눈물에 물러난다) 넌 두 개잖아!

신용석   이 쪽바리가! 니가 일을 모하이까, 우리가 고생아이가!

사또오   (울부짖는다) 그래, 나는 허약하고 일도 못 해! 쓸모없는 놈이야!

신용석   자랑이다!

마사키   (엉켜 싸우는 이들에게) 그만! 일본 사람, 조선 사람 배고픈 건 똑같아!

마사키, 아쉬운 듯 멍하니 앉은 김병현에게 자기 걸 건넨다. 두 개를 가진 신용석이 민망한 듯, 한 개를 마사키에게 준다. 각자 한 덩이씩 옷 안에 집어넣고 돌아오는 발걸음이 가볍다. 별이 총총하다.

그날 밤, 막사. 'превышение достижение (쁘레브 셰니에 디스티제이에 노르마)' (일일 목표량 초과 달성) 구호가 붙어있다. 칸노는 일장기 앞에 꿇어앉아 있고, 나머지는 자리에 누워있다. 감자를 챙겨 온 사람들끼리 낮은 목소리로 이야기를 나눈다.

사또오   대장 잠들면 그때 먹어요, 감자.

신용석   꾸버무우까?

김병현   불 피우면 들키지, 멍청아!

신용석   그러네. 근데, 언 감자가 녹는지 축축하다, 허허. 말랑말랑
　　　　하이 씹기 좋겠다.

김병현   (냄새를 맡으며) 흠흠 무슨 냄새지?… 상했나?

신용석   이리 추븐데 뭐 상해?

　　　　신용석, 사또오, 마사키, 민병주 코를 제 몸에 대고 킁킁 댄다.

칸 노   (이마를 찡그리면서) 고래 난노 니요이? (*이거 무슨 냄새야?*)

이철규   (덩달아) 이거이 먼 냄새여?

　　　　신용석에 품에서 거무튀튀한 덩이를 꺼내 살펴본다.

신용석   … 감자 아인갑다!

이철규   음마,… 말똥 아녀!

마사키   마그소! (*말똥!*)

칸 노   기따나이 죠센징! (*더러운 조선놈!*)

민병주   (민망함에 머리를 긁으며) 배가 고프니끼니, 얼어붙은 말똥이
　　　　감자로 보였디, 뭐.

이철규   얼른 치워야!

　　　　신용석, 사또오, 민병주, 김병현, 말똥을 안고 나가고, 나머지는 아
　　　　쉬움에 쪼그리고 앉는다. 마사키, 울먹이는 사또오를 달래고는, 주
　　　　저앉아 무릎에 머리를 파묻는다. 외투를 집어 든 이철규, 어깨를

들썩이며 우는 마사키에게 다가간다.

이철규 음마, 마사키 상병님, 시방 울어요잉? 뭐땀시 그라요?

마사키 너무 부끄러워서. 배고픔에 지는 내가 싫어서. 이 시간이 너무 싫어서!

이철규 (마사키에게) 이나 털러 갑시다. 윗도리 팡팡 두드림서 아쉬움도 털어내고.

마사키 …. (무릎을 껴안고는 외면한다)

이철규 무릎 시려서 그라요? 양기가 빠져서?

마사키 (마지못해 헛웃음을 웃으며) 나잇값도 못 하는데, 이한테 물어 뜯기기나 하지 뭐.

이철규 (마사키의 옷을 억지로 벗기면서) 이리 줘요. 내가 털어다 줄 탱게.

민병주 (자리로 돌아가, 담요를 뒤집어쓰면서) 우리만 털면 머하나? 천 정이고 기둥이고 온 데 득실거리는데.

신용석 아! 이라도 꾸버 무우까!

민병주 아아 새끼래 싱겁기는! 그깟 이 갖고 언제 배 채우갔네?

신용석 그래도 고기 아이가.

민병주 뭐하네. 날래 잡으라우!

이를 잡으려는 듯 한바탕 부산을 떤다. 킥킥대는 웃음 사이로 소 등을 알리는 딱딱이 소리.

경비원   빠뚜하니에! 빠뚜하니에! 쇼오또~! 쇼오또~!

막사마다 불이 꺼진다. 창으로 스민 달빛. 칸노, 무릎을 꿇은 채
벽에 붙은 일장기를 응시하다 자리에 눕는다.

잠시 후 어둠 속에서 쑥덕이는 소리가 나더니, 누군가 수용소 마
당으로 나간다. 검은 그림자가 서치라이트를 피해 엎드렸다, 걷다
를 반복한다. 철책 앞에 다가선 두 그림자. 신용석과 사또오다.

신용석   (개구멍을 가리키며) 산사또 오와라 시마오! *(얼른 들어가!)*
사또오   오소로시이. *(아, 무섭다)*
신용석   무섭기는! 나는 덩치가 커가… *(사또오가 쳐다보자)* 누버라,
              고마!

사또오, 등으로 기어들어 간다. 잠시 후 철책 너머 밭에서 갖고
온 양배추 3통을 차례로 개구멍으로 굴려 보낸다. 신용석, 양배
추를 안고 뛰어가 막사 입구에서 기다리는 민병주에게 건넨다.
그 사이, 개구멍에서 빠져나와 막사로 돌아가던 사또오가 돌부
리에 걸려 넘어진다.

사또오   악!

짧은 비명에 서치라이트 켜지면서 두루룩 따발총 소리. 신용석
은 막사로 뛰어 들어가고, 사또오는 쓰러진다. 밖을 살펴보던 민

병주, 손으로 무언가 지시한다. 신용석이 양배추 1통을 칸노에게 바치고, 나머지는 민병주의 이불 속에 감춘다. 잠시 후 문이 벌컥 열리고 감시병이 들어온다. 코 고는 사람, 몸을 긁는 사람. 돌아눕는 사람. 감시병이 뒤지는 사이 병현이 잠에서 깬 듯 일어나 앉는다. 감시병이 민병주의 이불을 들추려는 순간, 병현이 기침을 하자, 마사키가 뒤척이다 손으로 칸노의 얼굴을 친다. 칸노가 턱을 감싸고 소리를 지른다.

칸 노　　곤치쿠쇼! 대일본제국 장교의 얼굴을 망칠 셈이야!

칸노, 한 손으로 마사키의 목을 조른다. 모두들 일어나 앉는다. 긴장된 분위기. 감시병, 칸노의 기세에 눌려 나간다. 이철규가 따라 나갔다 들어와 끝났다는 신호를 보낸다. 모두 아무 말 없이 숨겨 둔 양배추 잎을 나누어 먹는다.

신용석　　(운다) 사또오, 사또오, 캬배쯔도 못 묵고 가다니 흑, 흑.
칸 노　　사또오, 빠까야츠! *(바보 같은 놈!)*
마사키　　(벌떡 일어서서 칸노를 말린다) 쇼오사!
김병현　　(칸노에게 덤빈다) 사또오 덕분에 캬배쯔라도 먹는 거야!

이철규, 김병현을 말린다. 칸노가 들었던 주먹을 내린다. 모두 흐느낀다.
창가에 선 윤학구가 보인다.

윤학구 주린 배를 채우려 목숨 걸고 철책을 넘는 병사들. 나는 평등한 세상을 꿈꾼다고 하면서 저들보다 더 따뜻한 옷을 입고, 설탕물과 비스킷도 얻어먹는다. 굶주림은 이상보다 힘이 세다.

책상에 앉아 고개를 숙이고 머리를 감싸 쥔다.

경비원 빠뚜하니에! 쇼오또~! 빠뚜하니에! 쇼오또~!

윤학구의 공간에 불이 꺼진다. 어둠 속 낮게 흐느끼는 소리.
루드밀라의 공간. 루드밀라가 〈바냐 외삼촌〉을 연기하듯 소리 내어 읽는다.
마지막 장면 소냐의 대사다.

루드밀라 바냐 외삼촌, 우리 살도록 해요. 길고 긴 숱한 낮과 밤을 살아 나가요. 운명이 주는 시련을 견뎌요. 휴식은 잊어버리고, 늙어서도 다른 사람을 위해 일하도록 해요. 그리고 우리의 시간이 오면 공손히 죽음을 받아들여요. 마침내 하늘에 올라 말하도록 해요. 우리가 얼마나 괴로웠고, 얼마나 울었는지. 그리고 얼마나 슬펐는지 말이에요. (서서히 역할에 빠져든다) 그러면 하느님이 우릴 가엾게 여기실 테고, 저와 외삼촌은 쉬게 될 거예요. 지금 겪고 있는 불행을 뒤돌아보면서 쉬게 될 거예요. 전 믿어요, 외삼촌. (지친 목소리로) 우린 쉬게 될 거예요.

(잠시 후 일어나서) 〈바냐 외삼촌〉. 안똔 체호프는 목적 없는 노동, 불평등한 노동, 우상에게 바친 제물 같은 노동이 얼마나 허무한지 잘 그려놓았다. 하지만 무능하고 무책임한 아버지를 위해 다시 일을 하리라 다짐하는 소냐를 보면 눈물이 난다. 삶을 살아내는 질긴 생명력에 대한 감탄 때문일까? 아니면 선한 삶의 보상을 믿는 미련한 자기최면이 안타까워서일까?

쇼팽의 에뛰드가 흐른다. 조명 흐려지다 장면전환.

8장. 우상과 맹목: 칸노와 군국주의

이른 아침. 막사. 푸른 안개 속 기상 종소리.

영상   *1945. 12*

모두 고단한 몸을 겨우 일으킨다. 마사키가 못 일어난다.

이철규   (마사키를 살펴보면서) 밤새 설사를 허더니….
민병주   굶다가 갑자기 마이 먹어서 그런 거이야.
칸 노   (마사키를 억지로 일으켜 뺨을 때린다) 칙쇼! 황군의 수치야!

김병현, 늘어진 마사키를 부축한다. 칸노, 동경을 향해 90도 절을 하고는, 모두를 둘러본다.

칸 노   (차렷 자세로) 우리는 천황폐하의 성전을 치르는 군인이다. 황국군인이 지켜야 할 '군징 조꾸유(군인칙유)'[9]를 재창한다.

　　　1. 이치. 군진와 추우세츠오 코토고도쿠 혼분토 스베시!
　　　　(하나. 황국 군인은 충절을 본분으로 삼아야 한다)

　　　1. 이치. 군진와 부유우오 미코토푸베시!
　　　　(하나. 황국 군인은 무용을 숭상해야 한다)

　　　1. 이치, 군진와 시시츠오 무네토스베시!
　　　　(하나. 황국 군인은 자질을 으뜸으로 여겨야 한다)

　　　1. 이치. 군진와 신기오 오몬즈베시!
　　　　(하나. 황국 군인은 신의를 중시해야 한다)

김병현   (낮지만 강한 어조로) 군진와, 군진와. 그놈의 황국 군인!

---

9) 군인칙유(軍人勅諭): 태평양전쟁이 끝날 때까지 모든 일본 군인들이 부동자세로 제창하고 외워야 했던 5개 조항의 다짐.

52

차렷 자세로 웅얼웅얼 군인칙유를 복창하던 마사키가 쓰러진다.
김병현이 마사키를 앉히고 담요를 덮어준다. 사또오의 빈자리를
바라보던 신용석이 밖으로 나간다.

이철규   어디 가?

신용석   (고개 짓으로) 사또오.

마사키   사또오… (흐느낀다)

김병현   … 벌써 몇 명 째야?

민병주   추위에, 굶주림에… 1할이 넘게 죽어 나갔어.

다시 종이 울리자, 모두들 작업 준비를 하고 막사를 나선다.
막사 앞에서 이철규, 신용석이 사또오의 시신을 들것에 옮긴다.

신용석   땅이 얼어가….

이철규   창고 뒤에 쌓아뒀다, 봄 되면 묻어야지 뭐.

신용석   이번 주만 해도 30구가 넘제?

이철규   겨울 지나면 더 늘어날 거여.

칸 노   (사토오의 시체를 보면서) 요와이 야쯔! (*약한 놈!*)

마사키   (칸노에게 덤벼든다) 와루이 야쯔! (*나쁜 놈!*)

칸 노   (마사키를 발로 차면서) 황군은 강해야 하는 거야!

김병현   (화가 폭발한다) 사또오는 너 때문에 죽은 거야! 네 놈이 사
람 취급을 안 해서 죽은 거라고!

칸 노   빠가야로! (손날로 가슴을 가격당한 김병현이 고꾸라진다)

민병주　(소리를 지르며 칸노에게 덤벼든다) 야~아 이 나쁜 놈아~

칸　노　이놈이 미쳤나?

칸노가 무릎을 꺾어 민병주의 복부를 가격하자, 민병주가 고꾸라
진다.

민병주　(다시 칸노에게 덤빈다) 미친 건 네 놈이야! 껍데기 천황에게
충성을 바치는 미친 놈! (비아냥대는 어조로) 덴노 헤이까 반
자이~ 덴노 헤이까 반자이~

칸노, 민병주에게 올라타서 주먹으로 마구 때린다. 김병현이 다시
덤빈다. 감시병은 이를 제지하지 않는다.
이사노프 소장의 공간이 밝아진다.

윤학구　(급히 뛰어 들어온다) 칸노 히로시 소좌가 또 사병을 폭행했
습니다!

루드밀라　(차분하게) 자꾸 말썽을 피우네.

윤학구　(화를 누르며) 도대체 왜 가만두시는 겁니까?

루드밀라　칸노는 장교야. 헤이그 육전(陸戰)조약에 따라 예우를 해줘
야 해.

윤학구　예우요? 아무 데고 주먹질해대는 놈에게 예우라니요! 사
병은 사람이 아닙니까?

루드밀라　(말없이 윤학구를 쳐다본다) ….

윤학구   일본군 체제대로 막사 배정을 한 건 규율 때문이라면서요? 이런 소동이 날마다 벌어지는데도, 왜 모른 체 하십니까?

루드밀라   앉아. 차 한 잔 하지.

루드밀라, 설탕을 넣은 차와 비스킷을 차례대로 내어놓으며 윤학구를 살펴본다.

윤학구   (맛있게 먹다가 루드밀라와 시선이 마주치자 민망한 듯) 추워서….

루드밀라   칸노 히로시는 계속 신경질인가? 아무 때나 흥분하고?

윤학구   혼자 있을 땐 차분한데, 허약한 사람만 보면 미쳐 날뜁니다. 그럴 땐 제정신이 아닌 것 같습니다.

루드밀라   우상에 빠진 거지.

윤학구   우상이요?

루드밀라   그래, 우상. (윤학구를 바라보며) 칸노 히로시 소좌는 군국주의라는 망령에 사로잡혀있는 거야.

윤학구   그래서 봐주시는 건가요? 망령에 사로잡힌 환자라서?

루드밀라   아니, 맹신을 신념이라 여기는 착각이 심해져서 저절로 균열이 생길 때를 기다리는 거야.

윤학구   약한 자를 희생하면서 말인가요?

루드밀라   거대한 벽을 무너뜨리는 데는 시간과 제물이 필요한 법이야.

윤학구   언제까지요? 왜 약한 자만 제물이 되어야 합니까?

루드밀라 나도 그게 고민이야. 칸노의 맹신이 어디까지 뻗치는지 궁금하기도 하고, 시달리는 사람들을 보면 불쌍하기도 하고. 사상과 실천이 어긋날 땐, 나도 괴로워.

윤학구 … (차를 머금고 있다가 삼킨다) 가끔 확고한 신념에 따라 사는 삶이 부럽습니다.

루드밀라 신념? 망상이겠지. 아니면 자기최면. 우상은 맹목을 전제로 하는 거야.

윤학구 불안한 시대에는 우상이라도 붙들고 싶은 심정입니다.

루드밀라 맹목이 얼마나 허망하고 우스꽝스러운지 모르는구먼,

윤학구 현실을 부정하고 싶을 때가 많습니다.

루드밀라 살려면 사실주의적 태도를 지녀야 해. 인생은 냉엄하거든. (《바냐 외삼촌》을 건네며) 읽어 봐. 댜댜 바냐.

윤학구 바냐 외삼촌… 소설인가요?

루드밀라 희곡. 연극 대본.

윤학구 연극 대본을 읽으시나요?

루드밀라 저격수 학교 입교 전, 연극배우였어.

윤학구 배우가 어떻게….

루드밀라 예술로 세상을 변화시킬 거라 믿었는데, 체제가 핵심 문제라는 걸 깨달았거든.

윤학구 볼세비키 혁명으로 러시아제국을 무너뜨렸잖습니까?

루드밀라 소비에트 사회주의 공화국 연방을 세웠지. 하지만 독일을 봐. 전체주의적 망상에 사로잡혀 인종 말살 정책을 펴고, 여기저기서 불평등한 전쟁을 벌였잖아.

윤학구 유대인을 학살했다고 들었습니다.

루드밀라 일본도 마찬가지야. 조선인도 피해자고. 그러니까 파시스트들을 무력화시켜야 해.

윤학구 그런데도 이 상황을 두고 보셨습니까?

루드밀라 윤학규 이병은 뭘 하고 있었지? 설탕물과 비스킷을 포기할 수 있나?

윤학구 전… 부끄럽습니다.

루드밀라 변혁은 바닥에서부터 시작돼야만 성공할 수 있어. 하지만 때가 더 중요해! 부조리가 한껏 부풀어 올랐을 때 터트려야 하거든. 이제 곧 반(反) 파시스트 운동이 전개될 거야. 김병현이 앞장설 테고. 그간의 부조리와 불평등이 어떻게 바뀌는지 두고 봐.

윤학구, 책을 쥔 채 루드밀라를 쳐다본다.
긴장감 도는 음악 흐르며 서서히 암전.

9장. 우상과 맹목: 김병현과 사회주의

해질 녘. 수용소 마당. 작은 단상이 놓여있다.

자막 *1946년 1월*

신용석, 칸노의 멱살을 쥐고 들어와 수용소 마당에 패대기친다. 칸노는 '극렬 파쇼 반동분자'라고 쓴 팻말을 목에 두르고 있다. 신용석, 민병주와 마주치지만, 시선을 피한다. 모두 칸노의 주위를 에워싼다. '민주 위원장'이란 완장을 두른 김병현이 단상에 오른다. 이철규, 주춤거리며 칸노의 옆에 선다.

김병현 다들 보아라. 반동분자다!

이철규 (머뭇거리다) 미요, 한도오 분시다! (*봐라, 반동분자다!*)

김병현 칸노 히로시, 네 죄목을 말해.

이철규 히로시 쇼오사, 이네에오 잇테. (*히로시 소좌, 죄목을 말해*)

칸 노 나 칸노 히로시 소좌는 대일본제국 황군 장교다. 적군의 포로가 되어 조국의 명예를 손상했으니, 그것이 큰 죄일 뿐, 너희들에게 지은 죄는 없다.

이철규 뭐여? 허구헌 날 약한 사람 괴롭히고도 죄가 읎어?

칸노가 반항하듯 고개를 들 때마다 신용석이 칸노의 등을 짓누른다.

김병현 칸노 히로시는 극렬 파쇼분자다. 일본국 장교로 일본의 침략전쟁에 앞장서 왔을 뿐 아니라, 포로가 된 후에도 막사의 제왕으로 군림하여 동료 병사들을 학대함으로써, 수용소의 자율적이고 평등한 분위기를 해쳤다.

김병현의 선창에 따라 '반동분자, 민중의 적'이라고 외치며 칸노를 끌고 간다.

이사노프 소장이 김병현 일행을 쳐다보면서 들어온다.

윤학구   (소장을 발견하고는) 저리 될 줄 아셨습니까? 칸노는 쉽지 않은 표적이었을 텐데요.

루드밀라   (웃음) 모스크바 여성저격수 양성학교 출신은 모두 명사수들이야.

윤학구   주도면밀하시군요. 어쩌다 저격수가 되셨습니까?

루드밀라   내가 정한 목표를 명중시킬 수 있다는 점이 매력적이었어.

윤학구   여자들에게는 버거운 일이잖습니까?

루드밀라   체구는 작아도 유연하고 인내심이 많거든. 추위도 잘 버티고. 독소전쟁에서 요인 암살은 모두 여성 저격수 몫이었어.

윤학구   그럼 어떻게 포로수용소 소장으로 오시게 됐습니까?

루드밀라   (왼손을 가리키며) 박격포에 부상을 입었어. 자폭했어야 했는데, 아군의 반격으로….

윤학구   자폭이요?

루드밀라   여성 저격수가 생포되면 더 처참한 고통을 겪어. 그래서 자살하라는 교육을 받지.

윤학구   가미가제와 뭐가 다릅니까? 자기 파괴적 희생을 강요한다면, 사회주의도 군국주의와 다를 바 없잖습니까?

루드밀라   (단호한 어조로) 완전히 달라! 일본군은 허수아비 천황을 위해, 그리고 대동아공영이라는 허울 좋은 명분을 위해 목숨을 버리지만, 우린 아니야. 사회주의자는 모든 국민이 평등하고, 또 평등한 조건에서 일할 수 있는 바탕을 만들기 위해 싸우는 거야. 함께 잘 사는 이상향의 건설을 위해 가치 있는 죽음을 택하는 거지.

윤학구 이상향의 건설?

루드밀라 그게 바로 내가 연극무대에서 전쟁터로 옮아간 이유이기도 하고.

윤학구 지난번 읽으라고 주신 〈바냐 외삼촌〉 말입니다.

루드밀라 그래. 바냐.

윤학구 마지막 장면이 이해가 안 됩니다.

루드밀라 … 줄거리가 뭐였지?

윤학구 쓰레기 논문이나 쓰는 매부 세레브랴코프 교수의 생활비를 대려고 죽은 누이동생의 시골 영지에서 26년간 죽도록 일만 해온 노총각 보이니스키의 이야기입니다.

루드밀라 (고개를 끄덕인다) … 그래, 어떤 점이 인상적이었나?

윤학구 바냐를 보면서, 칸노 히로시 소좌가 떠올랐습니다. 바냐는 적어도….

루드림라 적어도?

윤학구 적어도 자신의 영웅이 우상에 불과했음을, 그리고 자신의 헌신이 맹신이었음을 깨닫습니다. 그런데 칸노는….

루드밀라 (웃으면서) 제대로 읽었네! 그래, 그래서 〈바냐 외삼촌〉이 명작이라는 거야.

윤학구 그런데 마지막이 이해가 안 됩니다. 어설픈 화해 끝에 또 다시 세레브랴코프를 위해 휴식 없는 노동을 바치리라 다짐하는 바냐와 소냐를 보면서 화가 났습니다!

루드밀라 우습고도 슬픈 장면이지. 안똔 체호프는 가치 없는 존재에게 헌신하는 맹목, 우상이 있던 자리에 또 다른 우상을 앉히는 인간의 어리석음을 보여주는 거야. 그리고, 눈먼 군중은 새로운 히틀러나 무솔리니에게 또다시 환호할 거라 경고하는 거지.

윤학구 … 인간은 왜 이 짓을 멈추지 못할까요? 막을 방법은 없을까요?

루드밀라 혁명! 영웅도, 우상도 없는 세상, 출발선이 평등한 세상을 건설하는 것만이 유일한 해결책이야. 그리고 그건 반파쇼 운동에서 출발하는 거고. 정치학습 한번 받아 봐.

이사노프 소장이 멍하니 서 있는 윤학구를 두고 자리를 뜬다. 또 다시 시끌벅적한 소리 나더니 김병현의 무리가 칸노를 끌고 막사로 들어간다. 민병주가 고개를 가로저으며 윤학구에게 다가온다. 스산한 바람 소리.

민병주 얌전한 친구가 완장을 차더니, 딴 판으로 변하네!

윤학구 권력자에 대한 거부감이 큰 것 같아.

민병주 소작농 아들인데, 지주 아들 대신 끌려왔대.

윤학구 그래서 칸노에게 저렇게 덤비는 거군.

민병주　칸노가 병사들을 못살게 군 건 사실이지만, 이런 식의 보복은 맘에 안 들어.

윤학구　과격하긴 하지. 그래도 불평등하고 배타적인 체제는 바꿔야 해.

민병주　아니, 불평등을 없앤답시고 폭력을 휘두르면 군국주의와 뭐가 다르나? 뭐이 대단한 목적을 이루려고?

윤학구　이상향!

민병주　인간의 역사에 그런 적이 있었나?

윤학구　나는 희망 없는 조선이 싫어서 도망치려고만 했어. 그런데 이상향은 건설해야 한다는 걸 깨달았어. 영웅도 우상도 없는 세상, 출발선이 평등한 세상을 건설하는 것만이 유일한 해결책이고, 변혁에는 희생과 부조리가 따르기 마련이라는 것도.

민병주　내래 사상, 변혁 따위엔 관심 없어. 고저 사람이 더 중요하지.

윤학구　아무리 좋은 제도도 정치체제가 뒷받침되지 않으면 실현될 수 없다네.

민병주　다시 말하지만, 난 어떤 사상도 그 어떤 신념도 인간을 존중하지 않는다면 가치가 없다고 믿네.

윤학구　… 자네 종교는 휴머니즘이구만. 휴머니스트 민병주.

민병주　칸노 같은 광신자는 아임매. 독일 사람 모두가 히틀러에게 찬성한 건 아이지 않간? 사람마다 선택도 다른 거이야.

윤학구　그렇지. 하지만, 선택의 우선적 기준은 있어야지 않겠나?

민병주　자네의 선택을 말리진 않았어. 그러니끼니 날 사상적 동
　　　　지로 만들 생각은 하지 말라우.

윤학구　내 선택을 존중해줘서 고맙네.

민병주　서로 존중하는 거이지. 그런 의미에서 칸노를 좀 다독여
　　　　줘야갔어. (윤학구가 놀라 쳐다보자) 군국주의자와 똑같은 인
　　　　간이 될 수는 없지 않간?… 자네도 올 거이야?

윤학구　(고개를 크게 끄덕인다) 응.

　　　　윤학구, 민병주를 따라 막사로 간다.
　　　　막사 안이 밝아지면, 이철규와 일장기를 향해 꿇어앉은 칸노가 보
　　　　인다.

10장. 눈먼 자들의 시간 1

윤학구, 칸노의 옆에 걸터앉는다.

윤학구　왜 고집을 부려서 그런 수모를 당하는 거요?

이철규　안나니 고죠 다또 다까라, 가나노고지 고오지 도꼬요?

칸　노　고집이 아니야. 신념 때문이지.

윤학구　신념… 약자를 학대하는 게 신념이요?

칸　노　생존경쟁에서 지면 멸종하거나, 강자의 지배를 받을 수밖
　　　　에 없어. 세상은 적자생존, 약육강식의 원리로 발전해왔으

니까.

민병주　사람이 짐승이요? 인격이 있는 존재요! 계급을 앞세워 모멸감을 주고 어린애한테 주먹질하는 거이 비겁한 짓이지!

칸 노　억울하면 힘을 키우든가! 조선도 그럴 만하니까 지배당하는 거야!

윤학구　세상 어느 나라도 다른 나라를 지배할 권리는 없소!

민병주　지배받아 마땅한 나라도 없고!

칸 노　(코웃음을 치며) 조선은 일본의 속국이었어! 미마이나 호온부 (임나 본부)[10], 몰라?

이철규　임나 본부?

민병주　임나, 고거이 머이야?

윤학구　가야. 고대 일본이 가야를 지배했대.

칸 노　흥, 제 나라 역사도 모르니 지배를 받을 수밖에.

이철규　(흥분해서 칸노의 멱살을 잡는다) 네놈들은 똑똑해서 걸핏하면 전쟁이여? 마구잡이로 남의 나라를 잡아먹어야?

민병주가 둘을 떼어 내고, 마사키가 칸노를 데리고 막사 밖으로 나간다.

칸 노　(고개를 돌려) 일본이 없었으면 조센징은 아직도 미개인이

---

10) 임나본부: 임나는 고대 가야를 가리키는 말로, 고대 일본이 한반도의 신라와 가야지역을 점령한 뒤, 임나본부를 두고 실질적으로 200여 년 동안 지배했다고 하는 설(說)이 있었다.

었어!

마사키   (칸노를 말린다) 쇼오사! 제발!

이철규가 뛰쳐나가고, 윤학구와 민병주가 이철규를 말린다.

민병주   (분에 차서) 정말이네? 고대부터 조선이 일본의 속국이었
다고?

윤학구   (고개를 끄덕이며) 역사 시간에 배웠어. 사카이 마사토 선생
한테.

이철규   지어낸 얘기일 지도 모르잖여!

윤학구   그러네! 조선 정복을 정당화하기 위한…

민병주   (윤학구의 어깨를 치며) 윤형이 진실을 밝혀 봐!

윤학구   내가? 일본어는 이형이 잘하는데?

민병주   이형은 화를 잘 내고, 윤형은 냉철하지 않네!

이철규   뭐여?… 근디 사실이여.

민병주   조용하지만 냉철하고, 분석력 뛰어난 수재!

윤학구   갑자기 왜 이러나?

이철규   역사를 조작해서 조선을 속국으로 만들려는 음모, 그걸
밝히라고.

윤학구   일본을 상대하기보다는 이상향을 건설하는 게 빨라.

이철규   고것이 쉽게 되었어? 시간도 걸리고, 희생도 크당게.

민병주   일본 같은 나라는 언제든 또 나타날 수 있어. 그러니끼니
패권주의자들이 약소국 지배를 정당화하는 계략을 밝히

이철규	라 이 말이야. 그것도 이상향을 건설하는 방법 아니갔어?
	우린 작업장에서 일할 텡게, 자넨 그걸 연구해 봐야.
윤학구	… 고민해 보겠네.
민병주	자, 이만 자자우. 눈을 붙여야 내일 또 작업하지.
이철규	그려. 윤 동무, 공부 열심히 혀.
윤학구	(동무라는 호칭에 피식 웃으며) 내일 보세, 이 동무. 민 동무.

윤학구, 방으로 건너와 잠시 서성이다 책상에 앉아 일기를 쓴다.

| 윤학구 | 혁명 같은 하루가 지물었다. 광기와 열정, 진실과 허위가 뒤엉킨 시간. 혼란스럽다. |

겨울밤이 깊어 간다. 시계 소리 커진다.

11장. 눈먼 자들의 시간 2

다음 날 아침. 기상 종이 울린다. 이사노프 소장이 윤학구의 공간으로 들어온다.

윤학구	(기척에 놀라 잠이 깬다) 죄송합니다. 새벽에 잠이 들어서….
루드밀라	어젯밤엔 조용히 지나갔나?
윤학구	다행히 별일 없었습니다.

루드밀라 그래도 변혁의 물결을 거스를 순 없어. 반동분자 색출작업이 이어질 거야… 칸노가 얼마나 버틸지….

윤학구 쉽게 무너질까요?

루드밀라 허망한 신념은 언젠가 무너지게 되어 있어.

윤학구 허망하지만 완고한 신념이죠.

루드밀라 '힘과 지배'에 대한 칸노의 집착이 어디에서 비롯된 것 같나?

윤학구 허수아비 천황에 대한 충성심, 무너진 제국의 영광을 과시해야 한다는 강박. 결국 자신을 지탱해 온 신념의 허구성을 감추기 위한 거라 생각합니다.

루드밀라 (학구의 메모를 살펴보다) 역사 왜곡?

윤학구 고대 일본이 가야를 200년간 지배했다. 따라서 조선은 애당초 일본의 속국이었다는 게 일본의 주장입니다. 하지만, 당시 아시아의 변방이었던 일본이 철기문화를 꽃피운 가야를 지배했다는 건 어불성설입니다!

루드밀라 역사는 지배자의 관점에서 기록되는 거야. 은폐와 왜곡이 동반될 수밖에 없어. 문제는 그걸 믿는 어리석은 민중들이야. 분별력도, 안목도, 비판의식도 없는 청맹과니들, 눈먼 자들의 시간이 쌓이면 거짓이 진실로 자리잡는 거지.

윤학구 그렇다면 임나 본부는 무지의 시간 속에 퇴적된 거짓일 수도 있네요.

루드밀라 그래, 무지의 시간이 쌓여 고착된 거짓의 역사.

윤학구 눈 뜨고도 못 본 제가 부끄럽습니다.

루드밀라 (갖고 온 사상서를 건네주며) 열심히 학습해서 세상을 바꿔 봐.

윤학구, 혼란스러운 표정. 조명 서서히 꺼진다.

12장. 시간을 묻다

안개 낀 아침, 철책 너머 시체 매장지. 멀리서 발랄라이카로 연주하는 "들판에 자작나무 서 있네"가 들린다.

자막 *1946년 3월 "일본군 포로, 시베리아에 송치돼. 목적은 알 수 없어." AP통신*

조명 밝아지면 철책 너머 시체 매장지. 시신 두어 구가 놓여있고, 칸노와 민병주가 땅을 파고 있다.

민병주 끙, 땅이 덜 녹아서리. 끙
칸 노 (민병주를 흘겨보며) 요하네와 하오꼬나(죽는 소리 하지 마)!
민병주 (헛웃음을 웃으며) 죽은 사람 묻는 마당에 산 사람이 죽는 소릴 하면 아이 되지.

칸노와 민병주, 시신을 구덩이에 던져 넣는다. 여전히 발랄라이카 연주가 흐른다.

마사키와 김병현이 사또오의 시신을 담긴 들것을 들고 와 바닥에 놓는다.

신용석   (울먹이며) 사또오 … 캬베츠 구해온다고 욕봤다. 저승 가서는 배불리 묵어라.

김병현   (사또오의 군번줄을 떼어서 민병주에게 건넨다) 시베리아에 쓸쓸히 묻히게 해서 미안하다. 잊지 않을게.

민병주   청춘을 청춘답게 살지도 못하고… 이 억울한 시간은 대체 누가 보상해줄 거이가? 대체 누가….

칸 노   (김병현과 함께 시신을 구덩이에 누이고는) 기요츠게, 게이레이! (차렷, 경례!)

모두들 거수경례를 하며 울먹인다. 칸노의 어깨도 들썩인다.
김병현과 신용석이 삽으로 흙을 뜨자, 마사키가 말린다.

마사키   조또마떼! (시계를 꺼내어 사또오의 가슴에 올려준다)

김병현   미쳤어요? 시계를 왜? 쏘련 사람들 주면, 빵이 몇 자룬데….

사또오의 시신에 흙을 뿌리고 흐느끼는 마사키. 잠시 후 들 것을 챙겨 막사로 내려간다. 칸노도 사또오의 시신에 흙을 뿌리고 잠시 묵념을 하고는 자리를 뜬다.

민병주　(칸노를 뒤따라 가다가) 저도 생각이 많을 거이야.

김병현　괴롭힐 놈 없어서 섭섭하겠지… 아, 시계!

신용석　인자 사람 곁네! 어지간히 배가 고픈갑다.

김병현　배꼽시계는 고장 안 나거든. 째깍째깍, 밥 줘!

신용석　시계 내삐린 거는 나도 아깝다… (삽을 들고) 늑장 부릴 새
　　　　　없다. 일하러 가자.

김병현　그 놈의 노르마, 노르~마!

둘이서 삽으로 시신을 매장하는 사이, 멀리서 여자들의 흥겨운 노
랫소리 들린다.

라스즈비딸리 야블로니 이 그루쉬
(사과꽃 배꽃이 활짝 피던 날)
빠쁘륄리 뚜마늬 나드 리꼬이
(강가에는 물안개가 서려 있네)
븨하질러 나 베렉 까쮸사
(카쮸샤는 언덕에 올랐네)
븨하질러 나 베렉 까쮸사
(카쮸샤는 언덕에 올랐네)

신용석　힘 쫌 써라! 그래갖고 땅이 패이겄나?

김병현　넌 뭐가 그리 신나는데? 생각 없는 놈.

신용석　춥고 어두븐 시절이지만, (삽질을 멈추고 언덕 위를 바라본다)

그래도 봄은 오잖소, 봄이… 저 봐라, 치마 팔랑거리는 거!

신용석은 홀린 듯 언덕 위로 올라가고, 김병헌은 신용석이 못마땅한 듯 혀를 차고는 삽질을 계속한다.
조명, 마당 구석에 혼자 앉은 마사키 쪽으로 옮아가면, 이철규가 빠른 걸음으로 다가온다.

이철규   소장헌티 보고헌다고 못 갔지라… (옆에 앉는다) 마시키 상병님, 도께이를 묻었담서? 그 비싼 시계를 와 묻었으까이?

마사키   시간을 묻은 거야.

이철규   왐마, 시간을 워떻게 묻어요? 흐르는 시간을 막을 수도 없고, 모진 시간을 피할 수도 없는디?

마사키   ….

이철규   … 시간은 묻어서 뭣헌다요?

마사키   고귀하게 살고 싶어서.

이철규   포로가 워떻게 고귀하게 산단 말이어요?

마사키   하무레또!

이철규   하무레또! 앗따, 겁나게 유식하고마잉.

마사키   학교 문예반 시절 읽었어.

이철규   사느냐 죽느냐, 그것이 문제여?

마사키   그다음 구절. 어느 것이 더 고귀한 행동인가? 그걸 고민했어, 왕자는.

이철규   … 이거 어려워지는디? (마침 다가오는 민병주에게 묻는다) 마

71

사키 상병님이 '고귀하게 살고 싶어서' 시계를 버렸다는
데, 먼 말이여?

민병주 … 시간에 매여 목숨을 부지하는 삶이 구차하단 뜻이지
않간? 시계는 째깍거리지, 작업 종료시간은 다가오지. 노
르마 겨우 채우고, 해 뜨면 또 노르마….

이철규 '아직 살아있어. 아직 살아있어.' 서글픈 안도만 하는 게
싫어서 그랬단 말이지라?

김병현 (매장지에서 내려오다) 그런다고 그 피 같은 시계를 버려? 저
는 배 안 고프대? 시계 묻는다고 뭐가 바뀌는데!

민병주 (연장을 챙기면서) 참혹한 시간에서 벗어나려고. 자신을 지키
려고.

김병현 뭔 개소리야! 그건 도망치는 거지!

민병주 … 그만들 하고, 날래 작업들 하자우.

김병현 시간에 얽매이지 말라며! (민병주 멱살을 잡고) 너는 시간에
서 자유로울 수 있어? (마사키의 멱살을 잡는다) 노르마 달성
못하면 빵이 줄어들어!

슬픔과 분노가 뒤섞인 감정이 격해져서 병사들, 서로를 향해 주먹
질을 해 댄다. 슬픈 음악이 흐르면서 격렬해지는 싸움. 한참 후 구
석에 조용히 있던 마사키가 일어선다.

마사키 그만해! 이러면 정말 지옥이야!

모두 지쳐 떨어진다. 거친 호흡에 절망과 슬픔의 울음이 섞인다. 칸노, 홀로 허공을 바라본다. 어느새 해가 지고 포로들의 실루엣만 보인다.

13장. 봄봄

기차 달리는 소리.

자막   *1946년 5월. 모스크바에서 귀국길에 오른 사토오 주 러시아 대사, 시베리아철도 연변에서 일본인 포로들의 중노동 현장 확인*

작업장. 포로들 들판에서 침목을 놓고 그 위에 철로를 깔고 있다. 캉캉, 망치소리. 한쪽 구석에서 마사키가 마을 처녀 샤샤에게 빨간 훈도시를 주고, 빵을 받아 품에 감춘다. 샤샤는 훈도시를 머리에 두르고, 병사들에게 다가온다.

신용석   또 왔다. 가봐라.
김병현   됐어.
신용석   눈도 동그랗고 귀엽구만!
김병현   그리 좋으면 너나 가 봐.
신용석   채봉이 때문에 그라제? 전쟁에 남정네들 다 죽고 일할 사람도, 연애할 남자도 없단다. 좀 봐줘라.

김병현　마음은 함부로 흘리고 다니면 안 된다.

신용석　그라지 말고, 가서 먹을 거라도 좀 받아 온나. (킥킥대면서) 머리에 훈도시 좀 봐라! 마사키 상병이 감자캉 바꼈는갑 다. (김병현이 일만 하자) 가보라 카이!

어느새 다가온 샤샤가 용석의 팔을 잡고 이끈다. 용석, 놀라지만 싫지 않은 듯 샤샤에게 끌려간다. 김병현, 신용석 쪽을 잠시 바라 보더니, 급히 작업장 너머로 사라진다.

신용석　쁘리벳, 샤샤. *(안녕, 샤샤)*

샤　샤　쁘리벳, 용석. *(안녕, 용석)*

신용석　(손짓과 함께) 근데 와 내고?

샤　샤　용석, 끄레압 빗 비리오자. *(용석은 튼튼한 흰 자작나무)*

신용석　끄레… 뭐? 하여튼 내가 좋단 말이제?

이철규　(멀리서 소리만) <u>끄으응</u>….

용석과 샤샤 둘이 수줍게 뱅글뱅글 돌다 손을 잡고 춤을 춘다. 잠 시 후 이철규, 허리춤을 추스르며 들어온다.

이철규　먹는 것도 없는디, 똥은 꼬박꼬박 나온다냐. 김병현이는 워디 간겨? (수상한 낌새의 신용석과 샤샤를 발견하고는) 왐마, 저 것들이! 10분간 휴식!

신용석, 샤샤를 번쩍 들어 안고 언덕 너머로 사라진다. 손을 털며 작업장으로 들어오는 김병현. 경쾌한 음악 흐르면서 조명 어두워진다.

14장. 야폰스키의 귀향

자막   *1946년 10월. 미소협정체결. 미-소간 일본인 인도 협정 체결*

자막   *1946년 12월 5일 일본인 포로 송환 시작*

자막   *1947년 5월 수용소*

막사 앞. 마사키와 병사들이 담요를 털고 있다. 다른 병사들도 담요를 들고나온다.

민병주   (떨면서) 으으 경칩 지난 지 한참인데… 겨울은 언제 끝나나.

이철규   (잠시 멈추고) 씨앗을 품고 있으면 되제! 언젠가는 싹이 틀 것 아녀.

민병주   그렇갔지? 포기 안 하면 봄이 오갔지?

이철규   암만! 팍, 팍 털어야. 모진 추위에도 온몸을 물어댔응게, 날 풀리면 더 설칠 거여.

민병주   뼈에 가죽만 붙어있는데, 빨아먹을 게 있간? 그만 하자우.

이사노프 소장, 윤학구와 함께 막사로 온다.

루드밀라 야폰스키 스예즈자이체 프 포르투 나호트쿠! *(일본 포로들은 나홋카 항으로 출발한다!)*

윤학구 야폰스키, 다모이! 일본인 포로들은 나홋카항으로 출발한다.

마사키, 담요를 들고 급히 막사 안으로 들어간다. 칸노 막사에서 나와 잠시 상황을 바라보고는 막사 뒤로 사라진다.

이철규 그려? 그럼 우덜도 가는겨?

민병주 공식적으로 일본군이니까니, 우리도 집에 갈 수 있갔디.

윤학구 아니야, 일본 사람들만…

이철규 그럼 우들은! 잘 보일라고, 집에 빨리 갈라고, 온갖 짓을 다 했는디!

김병현 채봉아!

루드밀라 (가려다가 멈춘다) 우 바스 네트 스바이보 가수다르스트바. *(조선인 포로를 받아 줄 정부가 수립되지 않았어)*

윤학구 (허탈한 듯) 조선 포로들은 돌아갈 나라가 없어서, 못 보낸대!

이철규 (자릴 뜨는 루드밀라를 보면서) 나라가 왜 없는겨? 해방도 됐는디, 왜 나라가 없냔 말이여?

윤학구 남북이 갈렸어. 해방 직후 38선을 그었대. (나간다)

김병현 이놈의 나라는 조금도 안 바뀐 거네.

민병주   (자조적으로) 나라가 있을 때도, 나라 구실 못했는데, 뭘.

김병현   그럴 줄 알았어!

신용석   이꼬라지 안볼라꼬 일본 군복 입었는데….

이철규   (서글픈 웃음) 허, 나라는 혼란허….

신용석   (철규의 말에 장단을 얹는다) 혼란하고, 불안하고, 캄캄하고

이철규   그래, 좋다, 덩더꿍, 좋다! 웃자, 웃어야 살제. 허허허….

모두들 울고 웃으며 춤을 춘다. 잠시 후, 마사키, 짐을 챙겨 나온다.

마사키   고멘네. (미안해) 나만 가게 됐네….

민병주   미안하기는. 우리도 곧 귀국하겠지요.

김병현   사또오가 살아있었더라면 좋았을 텐데….

마사키   (군번줄을 내보이며) 사또오는 고향에 묻어 줄 거야.

이철규   마사키 상병님, 축하혀요. 드디어 집으로 돌아가는구만요.

마사키   고맙네. 지금쯤 홋카이도 집 마당엔 사루비아가 피어있을 거야.

민병주   (두리번거리며) 근데 칸노 히로시 소좌는?

신용석이 칸노를 찾으러 간다.

이철규   그동안 괴롭혀서 죄송혀요잉.

마사키   자넨 최선을 다했어. 우리 목을 조르던 시간은 시계와 함께 죽음의 계곡에 묻었으니, 원망도 묻고 가겠네.

민병주 (마사키에게) 시계방 계속할 겁네까?

마사키 아니, 이젠 나만의 시간을 살 거야. 늦잠도 자고, 나 없는 동안 무너졌을 지붕도 고치고, 담장 아래 꽃과 나무를 심고, 들판 끝까지 맨발로 걸어가 볼 테야. 다들 잘 있어. 고마웠네.

서로 악수를 나누는 사이, 신용석, 급히 뛰어온다.

신용석 큰일 났다! 칸노가….

이철규 칸노가 뭐?

신용석 나무에…!

서서히 암전.

15장. 짧은 천국, 그리고 다모이, 다모이!

경쾌한 음악 흐르면서 영상. 남북한 단독정부 수립 기사가 차례로 떠오른다.

자막 *1948년 5월 미─소간 조선인 포로송환협정 체결*
1948년 8월 15일 대한민국 정부 수립
1948년 9월 9일 조선민주주의 인민공화국 수립

1948. 11. 하바롭스크 수용소

막사 안. 포로들, 이전보다 깔끔해진 모습이다. 민병주는 칸노의 자리에 걸린 일장기를 걷어낸다. 신용석과 이철규는 등을 돌린 채 태극기를 그리고 있다.

신용석   (고개를 갸우뚱거리며) 짝대기가 이상한데?

이철규   그렇지라? 으음… 요짝에 작대기 3개, 조짝에 작대기 4개….

신용석   아이다. 반대다, 반대! 이거는 울로, 저거는 알로….

이철규   … 울로? 알로? 그거이 뭣이다냐?

신용석   울로가 울로고, 알로가 알로지! 일본말 통역하디, 조선말 몬 알아듣나! (손가락으로 방향을 가리키며) 울로, 울로. 알로, 알로!

이철규   아하, (전라도 억양으로) 우로, 아래로! 허허, 나 경성 사람 다 되부렀네이.

김병현   하이고. 위로, 아래로!

신용석   지랄한다! 사나아 자슥이 재수 없구로 경성말 숭내는!

김병현   경성말이 어때서?

민병주   그만하우다. 나라는 갈렸어도 우리끼리 갈리면 아이 되지.

이철규   왜놈들이 싹 없애놓게, 태극기를 본 적이 있으야지.

민병주   내래 열 살 때니끼니 십삼 년 전인가? 손기정 선수 베르린 마라송 우승했지 않네? 그때 가슴에 태극기 붙인 사진이 신문에 났어. 그걸 본 것 같다이.

신용석   청색이 운지, 홍색이 운지 가물가물하다.

민병주   태극기 정확히 아는 사람 있네? 고저 우리 국기를 걸 수 있다는 거이 중요한 거이야.

마침내 일장기가 걸려있던 자리에 태극기를 건다.

이철규   봐야, 태극기여!

누군가 애국가를 부르기 시작한다. 눈물의 합창이다.

모 두   동해물과 백두산이 마르고 닳도록, 하느님이 보우하사 우리나라 만세. 무궁화 삼천리 화려강산, 대한 사람 대한으로 길이 보전하세.

모두 홀가분하다는 듯 침상에 큰대자로 눕는다. 윤학구가 정치구호를 들고 들어온다.

김병현   (눈물을 훔치며) 조선 병사들끼리 지내니까 살 것 같아.

이철규   일본말 안 해도 되고!

민병주   작업장에 감시병도 없고!

신용석   수용소에 정들까 걱정이다.

이철규   끔찍한 소리 허덜 말어!

신용석   (윤학구에게 비아냥댄다) 나리 오셨십니꺼? 일본놈 가고 나이 기분이 어떠신지요?

윤학구   … 자율적으로 운영돼서 좋아.

김병현   감시도, 주먹질도 당해 본 적 없으면서 아는 척은!

신용석   (당황한 윤학구에게) 그동안 불만 많았다. 소장 통역사!

민병주   어쩔 수 없이 떠맡은 거야. 알잖네?

신용석   우리 막사에 한 번이라도 온 적 있나?

김병현   구차하고 비굴하게 사는 동포는 안 보고 싶었겠지!

윤학구   … 어쩌다 보니….

민병주   시간의 탁류에 휩쓸려 여기까지 왔는데, 서로 불쌍히 여기자우. 이거이 종착지가 아이지 않네?

이철규   그려. 우리는 여즉 포로여.

신용석   아, 나가고 싶다! 미치겠다!

김병현   (용석에게) 샤샤와 결혼하면 여길 나갈 수 있어.

신용석   고향 가야 돼. 장손이라서. 샤샤는… 때가 오겠지.

김병현   나도 고향 갈 거야!

이철규   그라제, 모두 고향에 돌아가야제. 그잖여?

윤학구   난 여기 남을까 생각 중이야.

민병주   노모는 어쩌고?

윤학구   아들이 이상향에서 살면 좋아하시겠지.

민병주   … 사회주의자인 줄은 알았지만, 쏘련에 남을 거라고는….

윤학구   평등한 세상을 만드는 혁명에 동참하고 싶어. 그리고 한국 고대사를 연구해서 '임나 본부'가 조작됐다는 걸 밝힐 거야.

신용석 (아니꼬운 듯) 막사 관리 중대장으로 진급하이까 생각이 달라진 모양이네?

윤학구 (항의하듯) 오랜 고민 끝에 내린 결정이야.

민병주 (코웃음 치는 신용석에게) 각자의 선택은 존중해야지. 시베리아에서 3년을 보내고 내린 결정이라면, 더더욱.

감시병 (급히 뛰어 들어오며) 까레이스키, 다모이! 다모이!

이철규 (믿을 수 없다는 듯) 뭐? 집으로? 참말이여?

신용석 또 속는 거 아이가?

김병현 이번엔 어디로 갈까?

민병주 시베리아 칼바람보다 더한 지옥이 있간?

루드밀라, 다급한 걸음으로 등장.

루드밀라 카레이스키, 다모이!

모두들 윤학구를 쳐다본다. 윤학구가 고개를 끄덕이자 낮게 환호한다.

루드밀라 (전보를 윤학구에게 보인다) 마나트끼 쁘리친달리. *(소지품 검사)*

윤학구 짐 챙겨 나오래. (모두 더플 백을 챙겨 나오자, 머뭇거리다) 소지품 검사를 마친 후에 역으로 출발한다.

민병주 소지품 검사?

김병현   어디 한 번 뒤져 봐.

감시병, 이철규를 먼저 검사한 뒤, 나머지 포로들의 짐과 옷 주머니를 뒤진다.

신용석   (쪽지를 두고 감시병과 실랑이를 벌인다) 안 된다! 샤샤 주소다! 이기 머선 기밀도 아이고, 보물 지도도 아인데, 와 카노? 이거 봐라! 애인 주소는 갖고 가야 될 거 아이가!

쪽지를 두고 실랑이를 벌이는 용석과 감시병. 이철규, 말리는 척 용석을 떼어내고 쪽지를 받아 윤학구에게 넘긴다. 윤학구, 주소를 읽고는 감시병에게 넘긴다. 감시병이 쪽지를 찢는 사이, 윤학구, 주소를 옮겨 적어 신용석에게 건넨다. 김병현이 무언가를 윤학구의 주머니에 슬쩍 밀어 넣는다.

민병주   (이철규에게 속삭인다) 왼쪽 주머니에 마사끼 상병 주소가 있어.

이철규, 민병주 주머니에서 쪽지를 꺼내 자기 윗주머니에 숨긴다. 김병현이 검사를 받는다.

이철규   난데없이 소지품 검사는….
민병주   강제노역 탄로 날까 그러는 거 아임매?

김병현   그러고 보니 노임은? 작업반장, 자네는 받았나?

이철규   아녀. (김병현이 의심스러운 눈초리로 쳐다보자) 아니랑게!

김병현   소장한테 얘긴 해 봤어?

민병주   다모이가 걸려있는데, 심기 거스르는 말 할 수 있간?

김병현   다모이와 노르마로 우릴 이용해 먹었어! 교활한 년!

신용석   맞다. 교활한 년!

소지품 검사가 끝난다. 다들 흥분해 있을 때, 김병현이 윤학구의 주머니에서 소지품을 꺼낸다. 윤학구와 눈이 마주치자 눈을 꿈적이고는 자기 주머니로 옮긴다.

루드밀라   카레이스키, 다모이!

이철규   (소장이 나가자, 김병현에게 빠른 말로) 소장헌티 항의해 봐야.

김병현   자네가 작업반장이잖아.

이철규   칸노 헌티는 잘도 덤비더니!

김병현   (머뭇거리다) … 그러다 귀국이 미뤄지면… 나만 뒤처지면….

민병주   노임은 나라가 해결해 줄 문제지!

김병현   맞아! 우리 정부가 쏘련 정부에게 정식으로 요청해야지.

이철규   그러네! 인자 정부 수립됐을 텡게, 조국을 믿고 돌아가더라고.

김병현   채봉아!

이철규   (노랫가락처럼) 간다, 간다, 지옥의 시간을 삭풍에 묻고 간다.

민병주	간다, 간다, 청춘을 묻고 떠나간다.
신용석	간다, 간다, 정을 두고 떠나간다.
이철규	내 고향으로 간다.
윤학구	꿈의 포로가 될 시간이다!

모두들 환호를 하며 더플 백을 공중으로 던진다. '카츄샤'가 남성 합창곡으로 깔린다.

샤 샤	(달려 나와) 용석! 용석! 나의 튼튼한 자작나무! 잊지 마세요, 시베리아의 샤샤를!

벅찬 감정으로 걸어가면 파도 소리와 갈매기 소리가 들리면서 나홋카항에 이른다.

16장. 귀향과 이별

자막	*1948. 12. 30. 나홋카 항*

윤학구, 동료들과 작별을 나눈다.

민병주	기어이 남을 거이야? (윤학구가 고개를 끄덕인다) 모스코바?
윤학구	아니, 하바롭스크 방송국에서 일하게 됐어.

이철규	루드밀라 이사노프 소장이 추천서를 써 줬쓰야.
민병주	부럽네. 평생의 동지를 만나기란 쉽지 않은데 말이여.
김병현	(이철규에게) 자넨 우리의 동지야. 덕분에 안 굶어 죽었어.
이철규	나가 복이 많은가벼! 자네들 맘을 얻었응게!
신용석	자네가 본심으로 대하이까, 우리도 마음을 줬지.
이철규	공수표는 아니지라?
신용석	내가 헛말 하는 거 봤나?
김병현	싱거운 소린 많이 하지. (모두들 웃는다)
신용석	우리가 이 친구한테 의지한 거는 사실이다 아이가!
김병현	맞아, 자네 더분에 인간을 신뢰하고 우정을 믿게 됐어. 고맙네.
이철규	(뱃고동이 운다) 자, 타더라고.
윤학구	(민병주에게) 다시 투먼 세관으로 갈 건가?
민병주	평양 본가에 가서 오마니 먼저 뵙고, 그 담에 생각해 볼 거이야. (집 주소를 건네며) 꼭 편지 하라우.
윤학구	그럴게. 그간 고마웠네.
신용석	샤샤 보면 미안하다꼬, 아아 잘 키우라꼬 전해 도.
윤학구	알았어.
이철규	임나 본부 연구 잘 혀서 왜놈들에게 본때를 보여주랑게.
윤학구	(고개를 끄덕인다) 보고 싶을 거야. 수용소도 그리울 때가 오겠지?
이철규	지긋지긋혀서 이짝으로는 오줌도 안 눌겨.
윤학구	(김병현에게) 잘 가게. 채봉 씨와 꼭 결혼하길 바라네.

김병현　　고맙네. 그리고 미안했네.

뱃고동 소리 울린다.

이철규　　캬, 위용도 당당허다! 시베리아 억류 조선 청년 2천 명을
　　　　　　태운 귀국선!

민병주　　날래 타자우, 배 놓치갔어!

신용석　　잘 있어라, 시베리아. 안녕, 샤샤 ~

윤학구, 떠나는 친구들을 향해 손을 흔든다.
밝은 음악 크게 흐르다 갑작스럽게 끊기면서 암전.
타자기 소리 또는 인쇄기 돌아가는 소리.

17장. 고국의 시간: 빨갱이지?

자막　　*"소련 간 청년 월남 부절不絕/ 포로 속에 공작대?/ 인천수용
　　　　　소서 엄밀 조사"* (동아일보 1949. 2월 12일, 2면)

자막　　*1949년 2월 20일 파주 경찰서*

손이 뒤로 묶인 채, 무릎을 꿇고 있는 김병현이 보인다. 다리만 보
이는 취조관의 질문이 허공에 울려 퍼지고, 사이사이 김병현의 신

음 같은 대답이 들린다.

취조관 이름? 생년월일? 본적?

김병현 김.병….

취조관 만주 관동군으로 입대했는데, 왜 시베리아로 간 거지?

김병현 끌려간 겁니다!

취조관 쏘련 말 해봐!

김병현 노르마.

취조관 수용소에서 뭘 했어? 쏘련 앞잡이지?

김병현 철도… 아닙니다.

취조관 그럼 이건 뭐야?

김병현 그건….

취조관 너 간첩이지? 쏘련 지령받고 내려왔지?

김병현 아닙니… 그건 안 됩니… 제발….

김병현의 절규가 동굴 속 메아리처럼 울려 퍼지면서 조명 암전.
이철규의 취조실에 불이 들어온다. 이철규, 이미 피투성이다.

취조관 자, 다시 한번 가볼까? 피곤하니까 빨리 끝내자.

질문이 폭포처럼 쏟아진다.

취조관 이북 놈들이 도대체 왜 여비를 줬지? 공작비 아니야? 다

알고 있어, 이북에서 40일 동안 훈련 시켜 보냈다는 거!
무슨 지령을 받고 내려왔을까? 수용소 작업반장 했다며?
그럼 빨갱이네!

이철규   살기 위해 작업반장을 떠맡기는 했지만서도, 빨갱이는
아녀.

취조관   증인이 있어.

이철규   수용소 친구들은 내가 결백한 걸 알 거여.

김병현이 끌려 들어온다. 이철규를 향해 천천히 고개를 끄덕인다.

이철규   (끌려 나가는 병현을 바라보며 혼잣말을 한다) 씨불, 동지라며. 사
람을 믿는다며!

취조관   이래도 안 털어놓을 거야?

이철규   (울부짖는다) 빨갱이든 흰둥이든 난 돌아갈 곳이 있고, 날
기다리는 사람이 있어. 그래서 왔는데, 내 나라로, 내 고
향으로, 내가 있어야 할 곳으로 돌아왔는데, 그것이 죄
란 말이여?

취조관   이 새끼가 뜨거운 맛을 더 봐야 알겠어?

길게 이어지는 비명. 혼란스러운 음악 흐르면서 조명 빠르게 암전.

18장. 갈림길

낮지만 또렷한 시계 소리. 어지러운 조명 사이로 윤학구. 민병주. 신용석. 김병현. 이철규. 루드밀라, 마사키가 길을 더듬듯 무대 위를 오간다. 음악이 멈추면 아이를 업은 채봉이 보인다.

#1. 해질 녘. 담 너머로 들리는 노랫소리. '김병현, 어둠 속에서 지켜본다.

박채봉 (노래를 흥얼거리며, 아기를 어른다) 현아, 네 아부지가 4년째 소식이 없네… 서울 가신 오빠는 소식도 없고, 서울 가신 오빠는….

남편 (목소리) 쿨럭, 쿨럭. 어이, 숭늉!

채봉, 급히 부엌으로 달려간다. 병현, 차마 채봉을 부르지 못한다.

김병현 (천인침을 들고) 채봉아, 나, 돌아왔어. 채봉아….

#2. 포성과 총성. 신용석이 도망치듯 무대로 뛰어 들어온다.

영상·자막 *1950년 6월 25일 한국동란 발발*

신용석 또 전쟁이가? 왜놈 전쟁에 끌려갔다가 겨우 살아 돌아왔는데, 또 가야된다꼬? (진저리를 치면서 도망간다) 내 찾지 마라! 군대는 절대 안 갈 끼다! 전쟁은 미친 짓이다!

#3. 무대 다른 쪽. 이철규, 조명 너머의 아내에게.

이철규 서북청년단? 걱정 말어. 산모 미역 사러 간다는 데 해코지야 하겠어? (몸을 돌려 나가면서) 복댕아, 아부지 올 때까정 기다려잉.

서북청년단 (소리) 빨갱이다! 빨갱이 잡아라~

이철규 니미럴! 이건 아니잖여!

이철규, 어둠 속으로 도망치고, 곧이어 비명이 들린다.

#4. 무대 다른 편에 미군 전투복을 입은 민병주, 차렷 자세로 서 있다.

미군장교 (소리) 콩그래츌레이션즈! 서전트 병주 민. 나우 유 아 어 멤버 오브 카투사!

민병주 (경례를 붙이며) 쌩큐 써 르!… (차렷 자세를 풀고, 군번줄을 꺼내 본다) 군번줄이 네 개가 됐구먼 기래. 만주에서는 일본군, 고향 돌아가니 전쟁 나서 인민군. 남한 오자 국군부대 찾아가서 국군. 시베리아에서 배운 소련 말 덕분에 카투사… 내래 어느 나라 사람이디?

#5. 작은 배낭을 짊어진 마사키. 길을 걷는 중이다.

마사키 아직도 떠돌고 있다. 지옥의 시간 뒤엔 무엇이 남았는
지… 마음을 들추어보기 두렵다. 사또오와 함께 묻은 시
계 소리는 여전히 나의 꿈을 흔든다. 언제쯤 고요할 수 있
을까?

#6. 무대 한 켠에 윤학구의 상반신이 보인다. 병색이 완연하다.

윤학구 이상은 심장에만 존재하는지도 모른다. 소련도 이상향은
아니었다. 스탈린과 레닌은 독재자였고, 사회주의 경제체
제도 실패로 끝났다. 모두가 평등하다고 외치지만, 임나
본부의 허구성을 입증했지만 학계에선 여전히 외톨이다.
나는 결국 경계인이었다.

#7. 맞은 편 무대에 루드밀라가 보인다.

루드밀라 시베리아 농노의 딸 루드밀라 이사노프. 평등한 세상을
만들기 위해 예술을 버리고 혁명을 선택했다. 하지만, 나
는 가치 없는 우상에게 충성을 바친 어리석은 소냐였다.
또다시 헛된 노동은 하지 않겠다. (천천히 권총을 머리에 댄다)
아름다운 세상을 위해!

총소리와 함께 조명 급히 암전. 총격의 여음이 메아리처럼 울려서 서서히 새소리로 바뀐다.

#8. 무대 한 쪽에 공점이가 장독대에서 정안수를 놓고 빌고 있다.

공점이 학구야, 생때같은 내 새끼, 너 떠난 지 사십 사년, 일만육 천육십 일. 너 올까봐 정릉 집에서 여즉까지 살고 있다. 예 전에는 38선, 이제는 국경선! 그 금 하나를 못 넘으니, 늙 은 어미가 애가 탄다. 학구야, 너 떠난 이듬해 담근 된장이 30년 세월에 깊은 맛이 들었다. 내 아들 학구야. 꼭 살아 서 돌아오너라! 에미 시락국 먹게 얼른 오너라.

열차 달리는 소리 점점 커진다.

19장. 닿지 않은 시간

영상 *바삐 돌아가는 시계*
자막 *2004년 2월. 미도파 다방*

미도파 다방. 민병주가 침울한 얼굴로 앉아 있다. 이철규가 두 손을 비비며 들어온다.

이철규   해 떨어졌는디 뭔 일로 보자는 겨?

민병주   추운 날 나오라고 해서 미안하네.

이철규   시베리아 삭풍도 견뎠는데, 이젠 정월 바람도 겁이 나. 정말 겁나는 건 사람이고.

민병주   형사가 안 따라 댕기끄니 살 만하지 않간?

이철규   아직도 길다가 뒤돌아보고, 자다가 벌떡 일어나고.

민병주   그건 나도 기래… 자, 좋은 소식, 나쁜 소식. 뭘 먼저 들을 텐가?

이철규   심장 기름칠 먼저 허고 궂은 소식 듣는 게 낫겄제?

민병주   마사키 상병에게서 온 편지야.

무대 한 켠 마사키의 아들이 앉은뱅이 책상에 앉아 편지를 쓰고 있다.

마사키 아들   저는 마사키 상병의 아들 히로시 겐지입니다. 아버님의 유지를 전하고자 편지를 씁니다. 아버님께서는 아픈 기억을 떨치느라 일흔이 다 되어 집에 돌아오셨습니다. 그리고 작은 시계방을 운영하시면서 시베리아 억류자들의 보상을 위해 싸우시다 2년 전 소천하셨습니다.

아버님은 시베리아의 삭풍을 함께 견뎠던 조선 병사들을 내내 그리워하셨습니다. 그분들이 일본 정부로부터 아무런 보상도 받지 못하게 되었다는 것을 아시고는 매우 슬퍼하셨습니다. 그리고 위로금을 수령하면 그 절반을 조선 병사들에게 보내달라는 유언을 남기셨습니다.

그간의 고통과 억울함을 보상하기에는 부족하겠지만, 지옥의 시간을 함께 견딘 동지에게 일본을 대신해 보내는 아버지의 위로를 받아 주시기 바랍니다.

이철규 마사키 상병… 따숩지. 양심적이고.

민병주 그래. 덕분에 인간에 대한 오랜 불신이 풀렸어.

이철규 (고개를 가로 저으며) … 나쁜 소식은 뭐여?

민병주 일본최고재판소에서 기각당했어. 한일 협정 때 정리된 일이래.

이철규 끌고 갈 때는 일본인, 보상할 때는 조선인! 허긴, 조국도 우릴 버렸응게.

민병주 최선을 다했으니 후련하다 생각해야디, 뭐.

이철규 (헛웃음을 웃으며) 그려, 후련허다! 춤이라도 출까?

민병주 속 앓는 김에 나쁜 소식 하나 더.

이철규 말 혀. 인자는 상할 속도 없어.

민병주 … 김병현이가 세상을 떠났어….

이철규 (복잡한 심경으로) … 진작 알았으면 양복이라도 입고 왔을 건디….

민병주 … 아침에 발인했어.

이철규 (놀라서 민병주를 쳐다본다) 발인?

민병주 화장해서 공원묘지에….

이철규 (갑자기 울먹이며) 그렇게 가버리믄 안 돼야! 그러면 안 된

당게!

민병주 도대체 둘 사이에 무슨 일이 있었던 거이야?

이철규 (한참을 말이 없다가) 나가 말이여… 죽고 싶었을 때가 있었쓰.

민병주 죽고 싶을 때야 많았지. 시베리아에서 나날이 죽음과 싸웠지 않간?

이철규 아녀. 모진 추위도, 고된 노동도, 비참한 굶주림에도 난 제대로 살고 싶었어. 빨갱이로 몰려도 난 나였어. 근디 말이여, 사람에 대한 신뢰가 무너징게 칵 죽어불고 싶더라고. 그냥 칵… 나가, 당당하던 이철규의 마음이 (점차 흐느낀다) 분노와 원망과 슬픔의 지옥이 되어버렸응게….

민병주 … (주머니에서 편지를 꺼낸다) 이거이 위로가 될지 모르갔어.

이철규가 봉투에서 편지를 꺼내어 읽는다. 무대 한 켠에 김병현이 보인다.

김병현 우리 사이에 얽힌 악연을 풀지 못하고 떠나게 되어 미안하네. 동지를 배신한 죄가 너무 커서 인정하기 두려웠어. 내가 선택한 길이 아니었다고. 시간이 날 그리로 던져 넣었다고. 살아남기 위해 어쩔 수 없었다고. 뒤척이며 지샌 불면의 밤으로 충분히 벌 받고 있다고 나 자신을 속여 왔네.
죽음을 앞두고 이제야 고백하네. 자네가 겪은 지옥의 시간은 나의 오만과 무지에서 비롯된 일임. 나는 마카시 상병을 비웃었네. 고귀한 삶을 살려고 시간을 묻다니, 미련하고 비겁한 짓이라고 생각했어. 그래서 시계를 파내었네. 그리고 밤마다 째깍이는 시계를 귀에다 대고 주문을 외웠어. 나는 시간의 주인이다, 새로운 시간의 창조자다! (사이) 그래서 나를 버티게 한 그 시계를 빼앗기지 않으려고 자넬 빨갱이라 거짓 밀고했네. 그리고… 친구를 잃고 나서야 깨달았어. 시간의 주인은 시간의 정복자가 아니라는 것을. 나는 결국 시간에 굴복했다는 것을. 나는 내가 부끄러웠어. 나를 용서할 수가 없었어. 자네에게 용서를 구할 용기는… 더욱 없었다네. 부디 어리석고 비겁한 친구의 때늦은 참회를 받아주길 바라네.

이철규 (상자를 받아 쥐고) 씨벌! 이렇게 가버리면 난 워쩌란 말이여?

민병주 (착잡한 표정으로 철규의 어깨에 손을 얹는다. 잠시 후 작은 상자를 건넨다) 자네에게 전하라더군.

이철규 (시계를 꺼내어 들고) 왐마! 이놈의 시간에 평생 시달렸는디, 숙제를 허라네!

민병주 숙제? 뭔 숙제? 이제 우리 둘밖에 없어. 삭풍회를 해산해야 할 때가 온 것 같아.

이철규 (시계를 흔들며) 뭔 소리여? 이 시계를 보고도 그라는겨? 끝장을 봐야 할 것 아녀!

민병주 구십이 눈앞인데 무슨 일을 하겠나? 오줌을 눴는지 안 눴는지도 헷갈리는데. (웃음) 시간을 돌릴 수는 없네.

이철규 이대로 멈추면 아무도 우릴, 청춘을 빼앗긴 그 시간을 돌아보지 않을 건디, 워떻게 멈춘디야?

민병주 … 이젠 멈추자고. 멈추는 것도 용기야.

이철규 … 아녀, 난 무서워. 이대로 잊힐까 겁나 무섭당게. 외면당한 세월에 세상이 섭섭하고 사람이 괘씸해서. 나가, 의리 제일, 배포 당당 이철규가 무너질까 겁이 난다고.

민병주 자넨 용감한 사람이야. 그 참혹한 시간에도 자네답게 살았잖아.

이철규 시간을 원망하지 않고 나는 내가 될 테다, 다짐허면서 버티고 또 버텼어. 근데 아무도 기억해 주지 않으면, 우릴 잊어불면! (차분하게) 나는 묻고 싶어. 우리가 어찌 살았는지 기억허냐고.

민병주 나는 말이야, 역사란 무엇인가, 국가란 무엇인가, 그 질문에 답을 얻으려고 삭풍회를 지켜왔어. 그런데, 결국 인간이 남더라고. 마사키상을 보면서 인간의 가치는 그가 실천하는 양심의 크기에 비례한다는 걸 깨달았어. 우리, 악착같이 살아냈으니, 그 시간의 탁류에서 나를 지켰으니, 기억될 가치가 있을 기야. 인간을 믿어보자고! 자네가 그랬잖아, 씨앗을 품고 있으면 언젠가 싹이 튼다고.

이철규 … (울컥 목이 멘다) 봄이 올까? 우릴 기억해 줄 그때가 올까?

민병주 그럼, 그럼! 언젠가 우리가 보낸 시간의 의미를 깨닫는 그 시간에 닿을 거라 믿네. 그 시간이 우리의 시간을 증명해 줄 거이야.

이철규 (천천히 고개를 끄덕이자, 을축생 청년들이 나란히 선다. 철규, 객석을 향해) 우덜은 그 시간을 향해 걸어가고 있어야. 봄을 만나러 가고 있다고. 그대들도 우덜을 만나러 오고 있지라?

자막 *정부는 2004년 국무총리 직속으로 일제강점하 강제동원피해 진상규명위원회를 발족, 강제동원의 진상을 규명해오고 있다. 하지만 정신대나 강제징용 문제와는 달리, 시베리아 억류사건은 등한시되었고, 삭풍회는 2012년 해산되었다. 다행히 2016년 개관한 국립일제강제동원역사관에서 시베리아 억류자의 자료를 전시하고 있다. 그러나 진지하고 학술적인 접근은 아직 미흡하고, 이분들을 위한 보상과 명예회복도 이루어지지 않았다. 삭풍회 회원들은 아무런 보상도 받지 못한 채 모두 타계했다.*

상부의 시계 톱니바퀴가 올라가면서 장행회 사진이 떠오른다. 사진 속 을축생 스무살 청년들이 환히 웃고 있다. 음악 흐르면서 조명 서서히 암전

끝.

한국 희곡 명작선 154

시간을 묻다

초판 1쇄 인쇄일　2023년 11월 20일
초판 1쇄 발행일　2023년 11월 29일

지 은 이　김미정
만 든 이　이정옥
만 든 곳　평민사
　　　　　서울시 은평구 수색로 340 〈202호〉
　　　　　전화 : 02) 375-8571 / 팩스 : 02) 375-8573
　　　　　http://blog.naver.com/pyung1976
　　　　　이메일　pyung1976@naver.com
등록번호　25100-2015-000102호
ISBN　　　978-89-7115-124-2　04800
　　　　　978-89-7115-663-6　(set)
정　　가　10,000원

이 책은 사단법인 한국극작가협회가 한국문화예술위원회의 2023년 제6회 극작엑스포
지원금을 받아 출간하였습니다.

한국 희곡 명작선